恋はシェリーグラスの中で

玄上八絹

JN158727

幻冬舎ルチル文庫

CONTENTS ✦目次✦

✦カバーデザイン=久保宏夏(omochi design)
✦ブックデザイン=まるか工房

イラスト・六芦かえで ✦

恋はシェリーグラスの中で

ゲイバー《Bar・Valentine《バレンタイン》》の看板は、マスターの佐伯《さえき》だ。長めの黒髪に癖毛《くせげ》。今は短くしているが襟足《えりあし》を細く結んでいるときもある。カクテルを作る銀色のシェイカーを支える長い指が、色っぽいと評判だ。

隼人《はやと》はマスターがピンク色のカクテルを逆三角形のグラスに注ぐタイミングを計って、青い花をハサミで切って差し出す。これを飾りつけてカクテルは完成だ。

佐伯がカウンターの客にカクテルを出す。佐伯はワイシャツの袖《そで》を捲《まく》りながら話を続けた。

「それでアイツ、ホテルに赤のカブリオレで迎えに行ったんだと」

「買ったの⁉　カブリオレを⁉」

カウンターの客が目を丸くして身を乗り出す。

時刻は午前零時前。ナンパに成功したヤツはとっくにこの通りを離れている時刻だ。店内にいるのは、呑《の》みながらイチャイチャするのが好きなカップルと、マスターとカクテルが目当ての常連ばかりだ。先ほどから、すでにここでは夫夫《ふうふ》扱いされている常連二人についての噂話《うわさばなし》に花が咲いている。

マスターは軽く掻《か》き上げた癖毛の毛先を気にかけたあとゆったりとカウンターにいる若い男と背の高い会社員に笑いかける。

「いやレンタル。そして、いざ行ってみたら無駄遣いするなってすごく怒られたらしい」

大友《おおとも》という会社員のほうは納得したようなため息をついた。

「まあアイツなら怒るな。普段から主婦かってくらい財布の紐《ひも》固いから。ほんと、いい嫁《よめ》になるよ。で？　結果は？」

「《そんなくだらないことに無駄遣いするヤツと養子縁組なんかできるか！》って保留」

カウンターに座っている数人が噴き出した。

「アイツらしいけど、一世一代のプロポーズを無駄遣い扱いって酷《ひど》いよね」

と言うのは大友の隣に座っている若い男だ。こちらもスーツ姿でゆるめたネクタイにワイシャツ姿。毛先にだけ軽く明るいカラーリングが残っている。名前は伊勢崎大和《いせざきやまと》という。この常連だ。マスターはそんなセリフが出てくるのを待っていたように破顔した。

「だからゴールデンウィークは、近場の温泉旅館だとさ」

「ねえハワイどうなったの。ハワイ」

大和が目を丸くして尋ねる。

常連客の一人が先日ここで、プロポーズ宣言をしていった。そのときには相手がプロポーズを受けてくれたら新婚旅行はハワイだと言っていたのだ。景気がいいなと常連の間で少々話題になっていた。

マスターは、自分のグラスにウイスキーを足した。

「予算オーバーだと」

大友と大和がカウンターで噴き出した。カブリオレに乗ってプロポーズをしたあとハワイに新婚旅行だと息巻いていたのが、近場の温泉旅行では落差がありすぎる。

大友が、笑いながら煙草《たばこ》に火をつけた。

「まあ幸せだからいいんじゃないか？　独り身の俺には羨《うらや》ましい話だわ」

隼人は彼らの会話に耳を傾けながら、下げてきたグラスの縁についた塩や、コースターに置かれたチェリーの種をまとめて始末する。

カウンターの向こうで、大和が肩を乗り出した。

「で？　マスターのゴールデンウィークの予定は？」

「家で煙草吸ってるかな。雑誌も溜《た》まってきたし」

「あの人、まだ帰らないんだ」

また始まった、と隼人は心中困ったが、客の言うことだ。マスターがうまくあしらうことはわかっている。

隼人は知らん顔をして、予備洗いをしたグラスとプレートをどんどんトレーに乗せていった。

「でもアメリカから三年も帰ってないなんて、酷すぎない？　ネットがあるから耐えられるってもんでもないでしょ？」

マスターには遠距離恋愛の恋人がいる。滅多に帰ってこない人で、マスターが言うには今後も帰国の予定はないらしい。それで恋愛になるのかと隼人も不思議に思うのだが、当人同士の問題だ。マスター自身もこの質問には慣れていて、すでにネタにさえならない。肩を竦《すく》めて知らんふりだ。

「じゃあ、俺と遊びに行こう？　マスター」

空《から》になったグラスを隼人の方に返しながら大和が言う。

「どこへ？」

「マスターが好きなところ、どこでも」

「この歳になると、目的がない外出というのが面倒でな」

「じゃあ水族館とか。昨日テレビでクラゲ特集やってたとこ。すごく流行《はや》ってるんだって」

「あんまり興味がないかな。流行に乗って人の多いところに行く趣味がない」

「じゃあ、鈴鹿《すずか》行こう。マスター、バイク好きだよね？」

マスターが個人的な誘いに乗らないのは常連なら誰でも知っている。

「そういうのはプライベートでしか行かない」

「休みの日に遊びに行くのはプライベートだろ？　チケット代とか俺が出すし。外に出るのが嫌なら家呑みでもいいし」

「――大和《いい》」

たまりかねて、隼人は会話に割って入った。

マスターは受け流すだろうし、いくら誘っても大和は断られ続けるだろう。わかっているがしつこすぎだ。冗談で聞き流せる限度はとっくに超えている。

大和はこちらを少しも見ずに、ダダを捏《こ》ねるように身体《からだ》を前後に揺すりながら甘えた声を出した。

「ねえ、マスター。忙しいなら仕方ないけど一回くらい付き合ってくれてもいいじゃん」

「プライベートの遊びには付き合わないって言っただろう」

「一回。一回だけ！　そうだ、俺、靴《くつ》が欲しいんだ。靴屋に付き合って」

「そのへんにしておけよ、大和」

拝み倒そうとする大和を、隼人はとうとうそちらに向き合って迷惑顔をして止めた。大和がこちらを睨《にら》んでくる。

「いいのかよ、バーテンのくせに、客にそんな口利いても」

「他の客には利かねえよ。兄として言ってるんだ」

「たった何十分かの差で偉《えら》そうなこと言ってんじゃねえよ。双子《ふたご》のくせに」

大和は自分の弟だ。大和が客としてここに通う限り、バーテンダーの自分は大和を客扱いするが、それでも限度はある。

大和はチッと行儀悪く舌を鳴らして、手のひらでカウンターをバンと叩《たた》いた。

「お小言なら家にしろよ。俺だって金払って遊びに来てるんだ」

「だから普段は客として扱ってるだろ。目に余る」

「うるせえな」

本気でイラついたように、短くピリッと唸《うな》ったあと、大和はハア、と聞こえるようなため息をついた。

「店変える。ごめんね、マスター。お代は隼人につけといて」

マスターにことわりを言って大和は席を立った。

「大和」

大和は隼人のことを頼みにして都合が悪くなるとすぐにこうして逃げる。スーツを摑《つか》んだ大和はもう入り口の前だ。隼人はカウンターから身を乗り出しながらワイシャツの背中に声をかけた。

「夜、ちゃんと帰ってこいよ!?　大和」

「母ちゃんみたい。いないけど」

「大和！」

酷い捨て台詞《ぜりふ》を吐いて大和は店を出る。

それを見送って隼人はため息をついた。大和の子供っぽさには隼人もマスターも慣れているが、大和がわがままをまき散らして逃げたあとの、このいたたまれなさに隼人は未《いま》だに慣れない。

隼人は客に「申し訳ありません」と頭を下げたあと、マスターの方に向き直って頭を下げた。

「すみません、マスター」

マスターは雇用主であると同時に恩人でもある。無職になった隼人を拾ってくれたのがこの店で、その前にも大和が一生恩に着るような大きな世話になった。

マスターは軽く筋の浮いた腕を組んだ。

「大和にはちゃんと付き合わないと言ってあるんだ。あまり口を出して家庭の事情を悪くするなよ？」

「いえ、大和が悪いです。すみません」

マスターは心配げな顔で煙草を吸っている。恋人のことを尋ねられるのもデートに誘われるのも、しつこい誘いを断り続けるのも慣れきっている感じだ。だがそれと申し訳なさは別だ。

大友は、灰皿に置いていた煙草を手にして、大和が出ていったドアをちらりと振り返った。

「でも大和さあ、だいぶん落ち着いたよな」

「そうですね。だからといってぜんぜんよくはないです。すみません」

大和がここに通いはじめたのは大学生の頃だ。あの頃は今よりもっと荒れていて、本当に手のつけようがなかった。

長年悩んでいたらしい自分の性的指向に対して突然開きなおり、一番酷い無茶をしていた頃だ。自棄《やけ》を起こして、いわゆるゲイタウンで遊びまくり、ここに流れ着いて、マスターに保護扱いにされた。軟禁されたわけではない。バレンタインをベースに遊べと言われたのだ。

バレンタインはこの界隈では老舗《しにせ》で、客同士のコミュニケーションもある方だ。危険な場所を教えてもらい、有名な要注意人物を遠ざける。隠語を習い、さまざまな形態の危険な薬物についても教えられる。酔《よ》いつぶれてもバレンタインならバックヤードに投げ込まれる。マスターの保護預かりというのはこういうことだ。

この店で呼吸のしかたを習ったように、大和はみるみると落ち着いた。隼人がここに来るきっかけとなったのも、大和を探して店を訪ねたことに始まる。色々あって隼人の方がバーテンダーとして居着くことになってしまったが、今となっては幸運だったと思う。

空になった大和の席を見たあと、大友はまたひとくち煙草の煙を吐いた。

「大和、マスター目当てでいい子にしてるのわかりやすすぎ。それなのにマスターも酷いよな」

「馬鹿言うな。ちゃんとはじめから彼氏持ちだと伝えてある」

「まあここでは当然の話《ルール》だけど、彼氏がアメリカ在住じゃあ期待しちゃうよなあ」

「お前の言いぐさこそ酷いぞ」

出張などではなく在住だ。数年に一度、一週間足らずしか戻ってこない彼氏など、いていないようなものではないかと言う人も多い。マスターがアメリカに会いに行く様子はなく、ただひたすらここで《待ち》だ。端《はた》から見れば寂しそうだ。他の男性が声をかけたくなる気持ちもわかる。

大友がグラスを磨いている隼人に視線を向けた。奇妙なものを見るような眼差《まなざ》しだ。

「双子のアニキはこんなに真面目《まじめ》なのにな」

「真面目なだけがいいわけじゃありません。あいつのほうが出来はいいですし」

「そうだなあ。中味はああだけど、商社の営業だしなあ」

ゲイで、遊んでばかりいるが、ああ見えても大和は有名大学出の上場企業の商社営業だ。辛《かろ》うじて大学は出たものの個人企業に就職して倒産して、ここで拾ってもらった自分とは大違いだった。

「もう少し生活が落ち着いてくれれば、俺の心配も減るんですが」

とはいえ、何だかんだと会社にはちゃんと通っているらしいし、会社で問題を起こしているようでもない。友人は多いようだし、プライベート部分が何とかなれば、社会的には立派な男のはずだ。

そこが難しいのだが、と考えながら、クロス越しに次のグラスを掴むと大友が尋ねた。

「大和はあんなにマスターにベタボレなのに、隼人はほんとにこっちじゃないんだ」

「ええ。基本的には女の子が好きです。彼女なんていたことありませんけど」

高校のときに付き合っている女の子はいたが、キス以上の間柄にならないまま、学年が上がるときにうやむやになってそのままだ。

大友はまだ珍しそうな顔で隼人を見ている。

「大和は完璧《かんぺき》にこっちなのにな。不思議なもんだ」

マスターが口を挟んだ。

「それが隼人のいいところだ。客に引っかけられない」

「なるほど残念」

「大友さん、俺はタイプじゃないでしょう」

一応残念がるふりをしてくれる大友に、礼の代わりにそう言うと、大友は意地悪そうな笑顔を浮かべた。

「絶対数は多いに越したことないだろ？」

「枯れ木も山の何とかってヤツですか。大和はやめてくださいね」

「何だよ、その俺が悪い男みたいな言い方」

大友が口を尖《とが》らせると、その隣の客まで笑っている。大友はまだ長い煙草を灰皿に押しつけた。

「最近大和を露骨《ろこつ》に狙ってる人いるじゃん？　知ってる？　背の高い、短髪の人」

すぐに思い当たって隼人は答えた。

「一人呑みで来てて、こないだずっと大和の隣にいた人ですね。ここ何回かお越しくださってます」

はじめの数回はテーブル席の方にいたのに、ここのところ何回かカウンターに移ってくる男だ。見たところ、誰と待ちあわせをする様子もなく、カウンターで長い時間一人で呑んでいた。そのときに同じカウンターで呑んでいた大和が他の常連やマスターと話すのに耳を傾けている様子がすごく気になったし、やや不審にも思った。今日も早い時間に来ていたが、テーブル席で二杯オーダーしたあと、すぐに帰った。

もしかして、大和を待っているのかもしれないと思ったが、それなら心配ないと思った。彼が大和たちの会話を熱心に聞いていたことを、それとなく大和に教えたときだ。

——ああ、あの人だろ？　身長が高い、ちょっとタレ目の、身ぎれいな感じの。

——前にさ、《ピノー》に遊びに行ったとき声かけられて、タイプじゃなかったから逃げたんだけど、バレンタインにも来ててびっくりした。追いかけてきたのかな。

ゲイタウンだがゲイバーの数は少なく、店のハシゴは当たり前だ。「たまたまじゃないか？」とそのときは大和に答えたのだが、改めて考えると大和狙いのような気もしてくる。

——んー。そういうの、後々面倒そうなんだよね。はじめが肝心《かんじん》っていうか。そうだなあ……。バレンタインに行く時間を変えるかも。

そういう対処はさすが大和だ。そこそこに遊び慣れているだけある。

大和はしばらくわざと時間をずらして遊びに行くと言っていた。今日来ていたのもイレギュラーだ。

よほど苦手なんだろうなと思ったが、遊び相手のあしらいまでしてやるほど隼人も過保護ではない。

大友は「そうか」と答えた。そして隼人に向かって軽く身を乗り出すようにして声を潜めた。

「アイツ、あんまりいい噂がないから気をつけたほうがいいぞ？」

「持って回った言い回しですね」

悪い噂があるではなく《いい噂がない》だ。どういうことだろう。

「ん。悪いって決まったわけじゃないっていうか、まあ」

と言って大友はちらりとマスターを見て声のボリュームを絞った。

「俺さ、メインの店ここだけど、別の店に行ったりもするじゃん？　出会いを広めるって意味で。友だち付き合いもあるし」

だいたいそれが普通だ。バレンタインはカクテルの品質や運営自体にも自信があるから、他店と呑みくらべてほしいというのがマスターの姿勢でもある。

「あの人、どこの店でもけっこうモテるのに、楽しく呑んで店内でちょっと抱きあったりするけどなかなか寝ないっていう噂があるんだ。俺は好みじゃないから、声かけたことないけど」

「大友、好みがうるさいからな」

マスターが口を挟むと大友が眉根《まゆね》を寄せてマスターに言い返す。

「だいたいこっち側にいるってところで好みはうるさいんだよ。何でもいいなら大多数に寄っとくし。できないからここにいるんだろ？」

自分の性的指向を曲げられるなら苦労はしないとほとんどの客は言う。理性でねじ曲げても長続きをせず、破綻《はたん》したときは相手の女性も不幸にする。最近は世間も同性のカップルに寛容だ。だが相手を選ぶ慎重さは今も昔も変わりがない。

「身持ちが堅いんじゃないですか？　それか、もともと寝ないタイプとか」

隼人は慎重に口を挟んだ。ゲイでも必ず肉体関係を持っているわけではないと聞いている。精神的な恋愛や癒《い》やしを求めてパートナーを探しに来る人や、話相手を探しに来る人がいたって不思議ではないと思う。

「いや、それとも違うみたいなんだよね。スキンシップはちゃんとあるっていうか、いろんな人と濃厚にイチャイチャしてるんだよ。店では《モテるのが楽しくて、ホントはゲイじゃないのに店に通ってる》っていう噂が立ってる」

「そんなことしてメリットがありますかね」

「あるだろ」

大友は失笑して続けた。

「呑み代相手持ちとか、デートという名の旅行代金相手持ちとか、プレゼントとか、ボトル貰《もら》ったり。ただ愚痴《ぐち》りたいだけとか自慢話して満足するタイプとか。貢《みつ》ぐだけ貢がせてはじめから関係を持つ気がないっていう」

「それは……」

えげつない。という言葉を隼人はようやく喉《のど》の奥で止めた。マイノリティの不安な心理をカモにして、恋愛をちらつかせながら金品を巻き上げる。女性を騙《だま》すより卑劣《ひれつ》な気がする。釣《つ》った魚に餌《えさ》をやらない……いや餌をやるだけ釣りのほうがマシか。餌でおびき寄せて網で掬《すく》うようなものだろうか。

犯罪ではないがそれは質《たち》が悪いと隼人も思った。しかも噂の相手は一応常連になる予定の男だ。店に通ってくれるのはいいとして、そんな男は絶対大和に近づけさせられない。

大友は灰皿の煙草を弄《もてあそ》びつつマスターを見る。

「いやらしいことにソイツ、何というか男好きするタイプなんだよ。身長《タッパ》あるし、雰囲気が目立つっていうか、見た感じ、爽《さわ》やか君で華があるだろ？　そういうの自分でわかってやってる節《ふし》があるもんな。……っていう情報提供で許して。出禁は勘弁、マスター」

「そこまで心は狭くねえよ。向こうで引っかけた男をこっちに連れてこい」

「わー。商売上手《じょうず》」

大友は頭を抱えて笑ったあと、隼人に視線を向けた。

「というわけだ。大和、気をつけろよ？」

「大和の好みじゃありませんから大丈夫ですよ」

「断言しちゃって大丈夫かな、お兄ちゃん？」

大友から意地悪に訊《き》かれて、隼人はにっこり微笑《ほほえ》み返した。

「はい」

大和の様子を見るかぎり、箸《はし》にも棒にも引っかからない感じだ。そういう相手に大和は冷たい。それに指向的にエスっぽい男性に引っかかりやすい大和は、いかにも優しく人当たりのいい男には惚《ほ》れないのを知っている。

バレンタインの営業は特別な日を除き、午前零時三十分までだ。それから片付けをして明日の仕込みをして店を出るとだいたい一時半。駅二つ分だが終電後なので自転車通勤だ。月夜のアスファルトに、軽快な自転車の音が響く。

自転車で駆け抜ける五月の夜は気持ちがいい。赤い信号機が昼間よりのびのびと点滅し、ぱっと青に切り替わるのを見ているのも好きだった。

車も滅多に通らない深夜の市街部を走り、大通りを越えると人の気配もゼロになる。寝静まった住宅街を走っても、電気がついている部屋など数えるほどしかなかった。

鉄骨が錆《さ》びた駐輪場に自転車を停め、蛍光灯《けいこうとう》がちらつくエレベーターに乗る。三人乗るとぎゅうぎゅうになるくらいの箱で、入り口頭上に防犯の鏡がある。部屋は三階、２ＬＤＫのアパートだ。

ここにはもう十年以上も住んでいた。入居した当時も新しくはなかったが、今はおんぼろと言っても差し支えがない。だが管理人が良心的で住みやすい部屋だ。市街地からも駅からも離れているから家賃は安い。

中学生のとき、大和と二人きりになった。両親が離婚してどちらも自分たちを引き取らなかったからだ。親権は父にあったが「名字を変えない」ことだけを目的としたもので、離婚以降、一度も会ったことがない。名字のことも二十歳を過ぎた今はもうどうでもいいことだ。ドアに鍵《かぎ》を挿す。開けてみると中は真っ暗だった。大和が帰宅した形跡がない。玄関の電気をつけてみたが靴もない。

隼人は靴を脱いで奥へ向かった。

部屋は朝、隼人が出たときのままだ。一昨日《おととい》から大和は一度も部屋に帰っていないらしい。ポケットからスマートフォンを取り出す。メールは無視、一言タイプのメッセンジャーも既読無視。

まあ、ちゃんと会社には行くんだろうけど。隼人は肩掛けのバッグをダイニングテーブルの椅子《いす》の上に下ろしながらため息をついた。外泊が続いても自分には反抗しても、そこだけはしっかりしているから大丈夫だ。

朝突《つ》っ込んでいった食器洗浄機の中の食器を片付け、風呂に入った。

狭いユニットバスだ。お湯をシャワーに切り替えると、頭の上からざっと湯が降ってくる。隼人はその下で、バーテンダーらしくワックスで掻き上げた髪をぐしゃぐしゃと掻き乱した。ほっとする瞬間だ。ようやく一日が終わる気がする。立ち仕事だから慣れてもふくらはぎが張る。浴槽《よくそう》の中で脚を揉《も》みながら大和の居場所を考えた。友人宅、飲み屋街の側にあるビジネスホテル。明日も会社だからこの時間まで飲み歩いてはいないだろう。——どちらにせよ今夜は大和は帰ってこない。

隼人は使ったタオルと衣類を洗濯機に入れて、洗剤入れに洗剤を流し込む。

大和は何をしたいんだろう。男と恋をして、今はマスターに夢中で、でも叶《かな》うはずがないのは大和だってわかっているはずだ。失恋して、また遊んで、その先——。

周りが見えなくなるのが恋だという。恋をしたら将来など考えられなくなると聞いたこともある。でも誰の上にも必ず明日は来る。叶わない恋にいつまでも縋《すが》りついて、結局一人になって、その先どうするつもりなんだろう。

ふと鏡を見た。普段髪を掻き上げている自分を見慣れているせいか、前髪をおろすと大和によく似ていると思う。だが双子といっても大和と自分は別人だ。一卵性で他人の目から見ればうり二つだというが、世間が言うほど隅々まで同じではない。髪の分け目が反対だ。眉が大和のほうが少し密度が高い。目は自分の方がほんの少し大きい。手はよく似ていると思うが、大和は左手の小指の爪《つめ》を少し伸ばす癖がある。指をそろえて差し出すと人差し指の長さが違う。

どうでもいいか。心の中で呟《つぶや》いた。大和と自分の違いなど見分けて得する人間はいない。いや、見分けられたら困るのは自分の方か。大和のほうが人渡りがうまくて社交的だ。勉強ができるのも社会的な信用があるのも給料がいいのも大和だ。周りは気づいていないかもしれないが昔からそうだった。自分たちですら髪の分け目でしか判断できない昔の写真で、母に抱かれているのも父に肩車をされているのも必ず大和だった。愛されるのも大和のほうがうまい。見分けられたら誰もが大和を選ぶに決まっている。そんな大和の心配をするくらいなら自分の心配をした方がいいのはわかっているが、こんなふうに危なっかしい生活を送る大和を放っておくわけにもいかない。

パジャマのズボンだけを穿《は》いてバスルームを出ると、テーブルの端でスマートフォンが着信のランプを点滅させていた。画面を灯《とも》すとメールを寄越してきたのは大和だ。件名、Re. 飯どうするの？　内容には「おやすみ」とだけ書いてある。

大和は誰かといても、眠る直前になると隼人にメールを寄越す。

《屋根の下にいるか？　おやすみ》と書いて返信する。酔っ払って路地で寝たってもう凍死するような季節ではないが、犯罪に巻き込まれないかが心配だ。

すぐにメッセンジャーのほうにレスが返ってきた。

《うん。友だちのとこ》

だったらいいか、と思って隼人は湿ったままの髪を指で掻き上げた。

「おやすみ、大和」

実際に夜のあいさつを交わしたのは何日前だったか。優秀で、社交的で、寂しくて、可愛《かわい》い自分の弟だ。

金曜日の店は賑《にぎ》やかだ。

今日は月に一度、ピアノの生演奏が入る日で、照明を落とした部屋の隅やピアノの側で抱きあっている人たちもちらほらと見える。

隼人はカウンター越しに空のグラスを下げながら、テーブル席のほうを窺《うかが》った。ピアノに照明を当てている分、いつもより少し暗めの店内は、テーブル席も壁際のカウンターもほどよく埋まっている。

隼人はピアノのほうへ視線をやった。

早めの時間に遊びに来た客がいる。見ているだけでも三人ほどに声をかけられ、さっきはそのうちの一人とじゃれ合うように抱きあっていたが、今はまた別の男と肩を寄せ合って親密そうに囁《ささや》いている。

噂の《貢がせくん》だ。

なるほど素行が悪い、と隼人は思いながら、カウンターの上で円を描く水滴を拭き取った。様子を見ていると大友が言っていたことがわかる気がする。いかにも出会いを求めるふうで一人でやってきて、長い時間ずっと、来る者拒まずキャッチアンドリリース、キャッチアンドリリース。相手の本気度を確かめ、貢いでくれそうな相手を吟味《ぎんみ》しているようにも見える。ゲイバーの楽しみ方として、正しいのかもしれないが、正直なところ感じはよくない。

身長が高い。特別筋肉質ではないが引き締まっているのがシャツの上からでもわかる。ワイシャツ姿を見たことがないからサラリーマンではないようだ。カウンターの内側から話してみる限り、人と話し慣れているのがわかる。話題が豊富で人当たりがいい。爛漫《らんまん》そうな顔立ちに、清潔そうな短い髪、手首の骨が浮いていて、肌《はだ》の色も白すぎず焼けすぎずだ。時計はちょっと思いきって買うレベルの流行のブランド、指輪はなし。いつも現金払いだが財布の内側にはカードが並んでいる。確かにモテそうな感じの男だ。

だが恋人にするならああいうのはごめんだと隼人は思った。もちろん大和の恋人にもふさわしくない。ああいう男は付き合いはじめたときはいいかもしれないが、すぐに飽きただの捨てられただの浮気をしただの、互いの自由を大事にしようとか言い出すタイプだ。隼人は男と付き合ったことがないのだが、勤続年数二年の間に得た世間話からして、彼は悪い話に絡む男の成分を凝縮《ぎょうしゅく》したようなタイプの男のようだった。

名前はカウンターでは京介《きょうすけ》と呼ばれているのを聞いた。三十手前に見えるが年齢不詳、職業不詳。客を観察する目は肥えてきたつもりだが、京介から抜き取れる情報は今のところそれ止まりだ。

グラスを片手に、曲の合間合間でピアニストの男と話しているのが見えた。リクエストもしているらしい。ちなみにあのピアニストは同性愛者でもなくこんな特殊で小さいバーなどで弾くような男でもない。知る人ぞ知る引っ張りだこのスタジオミュージシャンだ。マスターの友人という伝《つて》らしい。彼の機嫌もいいようだ。聞いたことがない曲がいくつも流れてくる。京介は音楽にも造詣《ぞうけい》があるらしい。

ますます気に食わないな、と思いながら隼人は飾ってある果物籠の中からレモンを手に取った。

ああいう変なテクニックに騙されてオチる男は多い。ゲイでない隼人が言うのもなんだが、この店の客は基本寂しさと孤独をいっぱい抱えてやってくる。ここに来れば居場所が見つかるのではないか、恋ができるのではないかという夢で心細い胸を満たしながら縋るようにこの店に辿《たど》り着くのだ。ある意味純真すぎる状態だ。いい男に優しくされて突っぱねろというのが無理な話だった。そんな人の心細さにつけ込むなど許しがたい——とはいえ別に詐欺《さぎ》だったり、付き合った男から金を巻き上げたりしているわけではないから余計質が悪い。

カウンターの内側から彼らの恋愛事情について口を出すのは限られているのだが、ターゲットにされた人に「気をつけたほうがいい」と囁くくらいはできるはずだ。とりあえず大和にはもう少し口が出せる。

また一人、若い男が彼に近寄ってゆく。離れた場所だしピアノの音で会話は聞こえない。腰《こし》に手を回されてもまんざらでもない様子だ。寄り添われてもされるがままにして、細いロンググラスをちびちび空《あ》けている。

そのあとテーブルにオーダーを取りに行ったときはまた違う男と話していた。笑顔が優しそうで、会話が弾んでいるのがわかる。いかにも危ない。

カウンターに戻ってレモンとライムをスライスする。ガラスの蓋《ふた》付き容器にそれをしまっていたときだ。

「ショートで辛《から》めの。お勧めある？」

カウンターに一人座った。顔を見るとその《京介》だ。

「ホワイトレディはお好みですか？　ジンベースです」

とりあえずスタンダードだ。店には何度か来ているが、常連というほどではないから好みがわからない。《辛め》というからジンとホワイトキュラソー。レモンは切り立てだ。辛いと言うほどではないがさっぱりとした口当たりのカクテルだ。

「じゃあ、それで」

「かしこまりました」

隼人はオーダーをマスターに伝え、レモンの入った容器を渡した。疲れたようにカウンターで軽く俯《うつむ》く京介をさりげなく隼人は見下ろす。はっきりした眉の男だった。眉間《みけん》から見下ろす感じの鼻筋が通っているのがよく見える。

灰皿を出し、生オリーブが入った容器を出す。人を待ちくたびれたような様子だ。相手はたぶん大和だろう。隼人は知らんふりをした。大和は今日、会社の呑み会で今頃居酒屋だ。同僚に気の合うやつがいるらしく、だいたい盛り上がって午前様だ。今週は店には来ない。

待ちぼうけの男を冷えた目で眺《なが》めながら、テーブルへ行き、空のグラスを下げてくる。シンクにグラスを置いたタイミングで、マスターからカクテルのグラスを受け取って、「どうぞ」と言って京介の前に出した。

時刻はそろそろ十一時だ。ピッチは速くないが時間が長い。京介はけっこう酒に強いようだ。大和が酔いつぶされたら大変だ。これも減点一だな、と心の中で京介の危険度を計っていると、「あのさ」と呼びかけられた。

「はい。メニューをお出ししましょうか」

出来のいいバーテンダーの顔でにっこりと隼人が問いかけると、京介は少し元気のない顔で「いや」と断った。隼人と目を合わせない。

「あの……店の常連っぽい人で、若くて、だいたいいつも会社帰りみたいで……ワイシャツ着てる。いつもカウンター席でマスターと話してて……そう、あなたとも仲がよさそうなのを見たことがある。髪の、毛先だけカラーがちょっとだけ残ってて、そんなに大柄でもない。知ってる?」

「さあ……。どなたでしょうか」

隼人はやんわりとしらを切った。やっぱり大和狙いのようだが、その程度の条件では顧客の情報は出せない。

「年齢は二十代半ばくらい。金曜日の今くらいの時間に二回くらい見た。名前は……聞き間

違いじゃなかったら、ヤマトって呼ばれてたんだけど」

週末に大和を見たとなると、少なくとも先月中ごろから大和に目をつけていたということだ。誰でもいいわけじゃないんだな、と思ったが加点にはならない。ちなみに大和が通ってくるのはだいたい木曜日だ。《金曜日ってさー、冷やかしが多いし、初心者だらけだろ？　木曜なら気に入らなかったら明日仕事、って言って断わるし》というのが大和の談だ。自分の弟がやや軽薄で申し訳ない、と思うがこの男はダメだ。

「そういえば何度かお越しいただいたことがあるかもしれません」

だいたい自分の顔を見ても気づかないものだろうか。少し呆《あき》れながら隼人は答える。カウンターの端で、さっそくマスターが笑いを堪《こら》えている。さらに知らん顔で隼人は答えた。

「今日はまだお見かけしませんが」

焼き鳥が大好きな大和は、今頃串盛り二十本を独り占めしてビールで盛り上がっている頃だ。

「……そうか。彼、特定の相手がいるかどうか、知らない？　こないだは一人だったように見えたんだ」

「さあ。お客様のプライバシーはちょっと……」

笑いを堪えきれなくなったらしいマスターが、「煙草」と一言言い残して奥に入る。客ではなく隼人のことがおかしいらしい。自分だって滑稽《こっけい》だと思うが、大和のためだ。禍根《かこん》を残さず相手に諦めさせるのが兄で、都合よくもこの店の従業員である自分の役目だろう。

「そっか。じゃあさ。どういう感じの人とよく話してるかくらいなら、教えてもらえないかな」

「あの方と気が合いそうなタイプ、ということですか?」

「そう」

「そうですねえ」

すまして隼人は首を傾《かし》げた。

「どういう方かはわかりませんが、好きな方がいらっしゃるみたいですよ?」

少しだけ業務違反。そして身内の立場を乱用だ。どちらにしても大和は今マスターのことが好きで、京介のアプローチはまったく無駄に終わるのだから、これは京介のためでもある。互いのためになる有意義で、隼人の責任範囲内の情報提供だ。

「……そうなんだ」

残念そうに京介がため息をつく。そして少し決まりが悪そうな笑顔で隼人を見た。

「あなたは?」

問われて隼人は大きく京介にがっかりした。大和がダメとわかったらさっそく次か。

隼人は微笑みながら、小さなナッツの容《い》れものをカウンターに出す。

「僕は、ここでの恋愛対象にならないタイプです」

少し申し訳ないふうを装いながら、隼人は言い慣れた言葉を差し出した。彼らの性的指向に嫌悪はないが、自分が男性と恋愛するかといえばそうではない。いわば黒子のようなものだ。マスターのアシスタント。異性愛者だからここで恋人を作ることはないし、重宝されているという自負もある。

落ちない男だ。自分の心に戸惑いながら必死で恋を求めようとする彼らとは別物だ。舞台の光が当たらない人間だ。暗めの照明の中をバーテンダーという姿で、人形のように働く。

「残念だ。好みだったのに」

「光栄です」

可能な限りイイ顔で隼人は京介に微笑んでみせた。大和を好きだと言いながら、同じ顔をした自分に気がつかないのはバカか、あるいは誠意がないのか。だが大和の顔が好みだと言ったことだけは信じてやってもいいと、京介が空にしたグラスをそっと下げながら隼人は思った。


「……。…………ぶは」

閉店後、隼人がシンクで皿を洗っているとボトルを並べ替えていたマスターが突然噴き出した。隼人は首だけで後ろを振り向き唸るように言った。

「思い出し笑いはやめてください、マスター」

「だって、お前、あんな笑顔、滅多に誰にも見せないのに」

堪えきれなくなったようにマスターは切れ切れに笑っている。マスターの笑いのツボは反応が遅いらしく、おかしいことがあるとだいたい閉店後にじわじわ笑う。

「あのですねえ」

流水の下に皿を差し入れながら、隼人はため息をついた。

「一応、弟を好きになってくれた人です。できるだけ気持ちよく断わるのが、兄の勤めでしょう」

「気持ちよくねえだろ。微笑みが邪悪だったぞ?」

さらにマスターは笑っている。

「それはあの人、素行が悪いですもん」

マスターだってわかっているはずだ。大友の評価も隼人が覚えた感想そのままだった。

「にしたって」

と言ってようやくマスターは笑うのをやめた。

「まあ俺も、こないだ大友がああ言ってたから気をつけて見ていたが、そう悪そうな男じゃないように見えたが?」

「マスターともあろう人がそんなこと言うんですか? マスターも前に言ってたじゃないですか。悪そうに見えるヤツには人は騙されないって」

口にしてみるとますます京介の素直な感じが、下心に被《かぶ》る仮面のように思えてくる。

「そうかな。何というか、俺の印象では初心者っぽい無邪気に見えたが」

「初心者が、ゲイバーハシゴして男探しですか」

考えるほどありえない。

「とにかく大和にはナシです」

「厳しいな、お兄ちゃん」

と答えられたところにふと、質問できる空白を見出《みいだ》してしまって、隼人はぽつりと呟いた。

「マスターなら、考えますけど」

恋愛に苦しむ大和を可能なことなら助けてやりたい。

「光栄だが残念だ」


自転車で夜風を切ってゆるい坂道を駆け上がる。レンレンと赤い信号を左右に振る踏切が何となく好きだった。肩で息をしながら電車が通り過ぎるのを眺める。遮断機が上がり、隼人は線路のうえに漕《こ》ぎ出した。

そういえばあのとき、ここで事故を見たな、とふと思い出した。バレンタインがあるゲイタウンに大和を探しに行く途中、踏切の中程で停まってしまった白いワゴン車を見た。隼人が踏切に差しかかったときはすでに緊急停止のボタンを押したあとで、踏切から離れた場所で不自然に停まっている電車も見えた。自分の助けがいらないことを確認してから、走ってここを通り過ぎたのだが、あのワゴン車はどうなっただろう。

二年ほど前、大和も自分も新卒で、隼人はコピー機などのレンタルユースの会社で働いていた。就職内定を貰って卒業資格を得た頃から大和の荒れっぷりは酷くなった。就職してからも収まらず、真っ当な給料があるから余計遊びっぷりが酷くなった。酔っ払って警察に保護されたり、外出が増えたのもあの頃からだ。

——ちゃんと働いてんだから、隼人が口出しすんな！

ゲイバーに入り浸って、喧嘩《けんか》ばかりをしていた大和を探して、大和が通っていたゲイバーを訪ね歩きに行く途中の話だったと隼人は記憶している。

大和を探しては連れ戻し、迎えに来てとメールが来ては真夜中でもかまわず飛んでゆく。

隼人の疲弊も限界に近かった。

最終的に大和が拾われたのはバー・バレンタインだ。マスターに一目惚《ひとめぼ》れして、マスターと付き合いたい一心で荒れていたのが落ち着いたという経緯だった。

何度か大和を迎えに行くうちに、隼人もマスターと話すようになり、そうこうしている間に隼人が勤めていた会社が倒産した。次の職が決まるまでバレンタインでアルバイトをするかと誘ってもらって、一生懸命勤めているうちにバーテンダーという仕事が気に入って、勉強しながら今に至る、というわけだ。ちなみに、自分はゲイではないとマスターには真っ先に告げてあるのだが、それがいいと言ってもらった。常連客から聞く話では、前のアルバイトがいわゆるこっちで仕事中にしょっちゅう抜け出したり、客をそっちのけで彼氏と話し込んだりで、評判が悪かったらしい。

バレンタインでの仕事は楽しかった。問われたら彼らの恋愛対象にならないと告げるというルールがあった。それを守れば彼らはちゃんとそう扱ってくれる。異性愛者も同性愛者も、恋愛相談や愚痴にしたってほとんど変わらない。面白かったし勉強にもなった。バレンタインは客層もよく、彼らに楽しんでもらえるよう隼人も頑張った。カクテルの勉強も楽しかった。

——まあ、隼人がいてくれたらうちは助かるが、特にバーテンダーを志してるわけじゃないなら、就職先があるなら会社員に戻ったらどうだ。

永久凍土、超買い手市場と呼ばれていた就職難の時期は終わった。大した職歴もない中途採用狙いだが、条件をゆるくすれば募集はいくらでもある。バーテンダーをめざすだけなら、ゲイバーではない普通のバーもある。

だがなぜか、もう一度会社に勤めようとは隼人には思えなかった。四十代、五十代になった自分がバレンタインにいる想像もできないのだが、会社に勤める自分を想像しようとすると、まったく何も浮かばない。よほど前の倒産がこたえたのか、それともビジョンがないというヤツだろうか。

安定した職業が欲しくないわけではない。

大和さえ、もう少し落ち着いてくれれば——。

考え込むと、だいたいこんな結論で止まる。一時期よりマシとはいえ大和はまだ安定しない。いつでも迎えに行けるようにしておかなければならない。大和が一生連れ添うような恋人を見つけるとか、夜の街で遊ぶのをやめるほど落ち着くとか、喧嘩や酩酊《めいてい》の心配がまったくなくなるとか、そうなるとたぶん、自分も自分の身の振り方を切実に考えはじめるのだろうが、大和がマスターが欲しいとダダを捏ねて、ゲイタウンで遊んでいる間はダメだ。またどんなふうに荒れて、夜中の街を探し回らなければならないはめになるかわからない。それならまだこの街一帯の状況を把握しつつ、バレンタインで働いていた方が隼人も楽だし安心だ。

どうせ俺は恋はしない。

ふと、なぜバレンタインにいると心が楽なのかに思い当たって、隼人は自転車を漕いでいた足を止めた。

両親がいなくて、大和が荒れて、お金もなくて。

大和のカバーをしながら家のことをして毎日が必死だった自分が、恋をする暇がないのがコンプレックスだったのかもしれない。バレンタインにいる限り、異性愛者の自分に誰も恋をしろと言わない。あそこでは恋ができない。恋をしていない自分が当たり前なのが隼人にとっては楽だったのだ。

実際めんどうくさいしな、とちょうど青信号に変わった歩道を横切りながら隼人は思った。

中学生の頃から忙しすぎたからだろうか、両親がいない引け目か、恋人との時間に金を使う想像を余りしたことがないせいか、もしも自分に恋人ができたら、と考えることすら億劫《おっくう》だ。まだ二十五歳だからしっかり性欲はあるが、自慰《じい》で事足りる。

「……」

そういえば最近物理的な刺激だけでオカズは必要ないな、とここ数ヶ月間の自分の射精事情について、隼人は振り返った。

「……ヤバイ、枯れたか」

セックスをしたいとは思わないが、これはただの排泄《はいせつ》ではないだろうかと考えると、じんわりと危機感が湧《わ》き上がってくる。しかし職場の環境が性的に特殊だし、今は女性と付き合いたい願望もないからそれも当然なのか。そんなことをつらつらと考えながらアパートまで辿り着き、部屋に帰ってみると、玄関先が荒れていた。散らかりっぱなしの靴。スプリングコートが床に脱ぎっぱなしだ。スーパーの紙袋に書類やチラシやビリビリに開けた郵便物が詰め込まれている。その隣の袋はワイシャツとか靴下とかの洗濯物だ。大和が帰った形跡だ。シューズラックにあった別の靴が消えている。一旦帰って着替えを持ってまた出かけたらしい。いつものことだ。大和に限って言えば、家が郊外なのをいいことに車を持たせたのが失敗かもしれない。

こうして置き去りにされたものまでなぜ自分が洗濯して片付けなければならないのかと思うが、放置しておくとカビを生やしたり、明日着ていくワイシャツがないと言って朝っぱらから大騒ぎになる。隼人自身のワイシャツもあるから、手間自体は大したことはないがと思いながら、洗濯物が詰まったビニール袋を拾い上げて廊下を歩いた。

「……大和？」

靴と車がないからいないのは確定だが、たまに代行でふらっと帰ってきていることがある。念のため、暗い部屋に声をかけてみる。部屋の中はアメコミのフィギュアやロックバンドのポスターやチケットで賑やかに飾られている。こんなふうだが部屋を余り散らかさないのが大和の要領のよさの表れかもしれない。

昔から使っている机の端に、ビデオケースが積み上がっているのに気づいて、隼人は壁のスイッチで灯《あか》りをつけて側に近寄ってみた。

安いケースにカラーコピーのチラシを挟み込んだだけの適当なパッケージだ。男の裸の写真が重なり合うように印刷されている。男性のポルノビデオだが、情熱の対象があるだけ大和のほうがいいんだろうな、と思うとこんなところも彼のほうが上等な気がしてしまう。

今夜も京介が店に来ている。今日はピアニストがいないのでそのままカウンターに座ったらしい。

これまで京介に連れがいたことはなく、ここに何度も通っているからそれなりに顔見知りもできただろうに、誰かと意気投合している様子もない。だが相変わらずひらひら誰かが京介の側に寄ってきている。しかしいい雰囲気で話していると思ってもすぐに側からいなくなる。寂しくはなさそうだが結局のところ一人だ。不思議な雰囲気の人だった。

「何か、お作りしましょうか？」

カウンターに退屈そうに座っている京介に声をかけた。

今日も大和を待っているようだ。来店から二時間近くになるが、いろんな男に声をかけられ一緒に呑んだりしていても、店を出ようと誘われても断り続けている。

金曜日に二度大和を見かけたせいか、男は金曜日にばかり通ってくる。あちこちの曜日にやってきて擦《す》れ違い続けるよりも賢いやり方かもしれないが、見当違いの日に通い続けたって大和とは会えない。

――あのさ、隼人。こないだバレンタインで、俺に絡んできたヤツいただろ。覚えてる？しかも京介は、大和本人に警戒されているのを知らない。

――俺、行かないっつったのに、店出ようって言ったり、休みに会おうって言うんだ。ヤバイよね。

マスターから見ればお前もそうだ、と釘《くぎ》を刺しておいたが、「俺はいいの。マスターいい男だもん」と言って一蹴《いっしゅう》だ。大和は迷惑そうだった。

――好きになってくれるのはありがたいけど、何か、俺のことをべったべたに好きそうな男って嫌なんだよね。マスターぐらい、冷たくあしらわれた方が燃えるっていうか……って俺、Mなのかな。隼人はどう？

違うよ、と、半分酔って電話をかけてきた大和にため息をついた。双子なのだが大和はゲイで自分はヘテロだ。外見が同じでも中味や心まで同じではない。

念のために大和に情報を流しておくことにした。「嫌なら、金曜日は避けろ。アイツ、大和を待ってるみたいだ」と言って隼人は通話を終わらせた。切れる間際に《キメエ！》という大和の感想を聞きながら。

「うん。何かリッキーを」

「ライムがお好きですか？　レモンがいいですか？」

京介のオーダーから好みを読み取ろうとしているのだが、ショートからロンググラスまで、手元にメニューでもあるかのようにスタンダードなものを順に頼んでゆくだけだ。それなりにバーに通っている様子だがあまり癖のない飲み方だ。

「ライムで。甘さは控えめにして」

「かしこまりました」

京介はライトで爽やかな味が好きらしい。今日もけっこう長い時間になってきた。客が来るたびチラチラと入り口の方を見ては残念そうな顔をする。

マスターにオーダーを伝えて隼人が元の位置に戻ってくると、京介が尋ねた。

「こないだ訊いた人、あれから店に来た？」

「さあ、どうでしょう」

「意地悪しないで教えてくれよ」

ねだられて、隼人はそしらぬ顔で京介を見た。

「ちなみに、その方のどんなところが好みなんですか？」

大和は確かにモテるタイプだ。表情が豊かで明るく喋《しゃべ》り好きで他人の目を引くからなのだろうが、彼が大和にこんなに執着する理由がわからない。

「あー、いやそれは……」

京介は口ごもったあと、決まりが悪そうな顔で隼人を見る。

「教えたら、彼のこと、教えてくれる？」

「僕がわかる範囲で、お客様にご迷惑をおかけしない程度のことですが」

「ああ、十分十分」

店に来てから京介ははじめて明るい顔で隼人を見た。

「はじめてこの店に来たとき、彼、ドアのところで何か、カードのようなものを落してね」

歩きながら財布を開けるなといつも言うのに癖は直っていないらしい。

「俺はたまたま、彼の後ろに立ってたんだけど、カードが自動ドアに挟まりそうだったから拾ってあげたんだ」

兄として礼を言いたいところだがここは我慢だ。

「そのときにぱっと下から見上げられて『ありがとう』って言われてさ」

「……それで？」

大和がまた何か変なことでも言ったのかと心配になったが、男は苦笑いを浮かべて隼人を見た。

「それだけ」

「《それだけ》？」

隼人は思わず目を丸くした。京介は苦笑いだ。

「おかしいって思う？　でもさ、この人いいな、って思うときってそんなもんだろ？」

「まあ、それは……」

特に大きな出来事がなくとも、そういう何となく胸がきゅんとする一瞬一瞬が積み重なって「好き」になるのは隼人もわかる。しかしたった一度だ、些細《ささい》すぎはしないだろうか。

「ああいう何でもないことで、とっさにありがとうって言えるってすごくいいことだと思う。しかも笑顔つきだったし」

大和は昔からそういうポイントが高い。顔は自分と同じだが、笑った普通の顔と引っ込み思案そうに怯《おび》えた普通の顔だったら、前者のほうが大人に可愛がられる。

「彼がどんな人なのか話してみたいと思って、店にいる間彼をちらちら見てたんだけど、明るそうだし、人の話を楽しそうに聞いてたし、一緒にいた人も楽しそうだったたし、なんか、ああいう人と喋ってみたいな、と思ってちょっと話しかけてみたんだけど、やっぱり感じがよくてさ」

案外いい人なのかも、と隼人が思いかけたとき、先月のことを懐かしそうに彼が続けた。

「あと、顔も好き。声も好きだった」

そう言われて、ゆるみかけていた心が我に返った。

大和と自分は性格も性癖も性的指向も違う。だが顔は同じだし、仲のいい友人ですら電話では聞き分けられないくらい、大和と自分の声はそっくりだ。

「……あの人、今日は来ませんよ。諦めたほうがいいと思う」

こういうことを言うつもりはなかったのだが、何となく我慢できなかった。

「どういうこと？」

「それにあなた、大和の好みと違うかも。大和、今、好きな人がいるし」

答えると京介は、微《かす》かだが不快な顔をして隼人を見た。

「そうなんだ？　でもアンタが答えることじゃないし、訊いてみたら違うかもしれない。俺があの人を好きになるのは自由だろ？」

「自由じゃない。俺が許さないと思う」

ああしまった、と思ったがもう遅い。どちらにせよこの男は大和の恋人失格だ。自分の失言についてうまく誤魔化す方法をと一瞬考えたが、こんな言葉を吐いてしまった以上、一番話が速くて説得力があるのは真実だ。

京介は挑戦的な顔つきで隼人を見ている。

「君が彼の恋人とかいうオチかな？　でも昨日は確か、君はこっちじゃないって言ったよね？」

怪訝《けげん》な彼の表情を見て、なおさら隼人の機嫌は傾いた。

「恋人じゃないし、そっちでもありませんよ」

無愛想に呟いて隼人は、彼の目の前でワックスで固めた髪に指をさす。ゆるく握って下に引き降ろす。前髪は大和に似せて真ん中より少し左に。

「あれ、そういえば」

隼人が髪をおろしてしまう前に京介が思い当たったような声を上げたが遅すぎる。今頃動転するなんて鈍いにもほどがある。

「え。大和くんと兄弟……え？　本人？」

「双子の兄」

ぶっきらぼうに答える。

「……。――……あああああ」

京介は恥ずかしくなったようにカウンターに頭を抱えた。フォローはしてやれない。ボケ。と口にしないだけで上等だった。京介は額に拳《こぶし》を当てて悶絶《もんぜつ》している。

「うわー。やばい。言ってくれよもう……！」

上げた京介の顔は真っ赤だ。

「すみません、兄弟ですけどアイツ、普段は普通に客なんで」

一応言い訳もしておいた。隼人が京介を気に食わなかったという理由が主だが、常連だろうが兄弟だろうが大和は客だ。大和の情報を出さないことはバーテンダーとして基本の応援だ。

「うええ……アニキとか、マジか」

モテるという噂の男が、目を潤ませるくらい恥ずかしがっているのを眺めているのはそれなりの優越感があったが、だからといって大和と親しくなるのを許すとか情報を流すとか、する気はない。そんなに恥ずかしいと思うなら顔の見分けもつかない大和にもう近づかないでほしい。

そう思っていると京介が顔を上げて、隼人を見た。まじまじと見つめたあとまた「あー」と言って頭を抱える。

「いや、なんか。ぜんぜん違うから気づかなかった」

「……は？」

よく似ていると言われたことしかない人生だ。言い訳にしたってお粗末ではないか。

「言われてみたらすごく似てる」

「すみません、今までさんざん、俺の顔見ましたよね？」

確かに服は違うが、顔立ちはほとんど同じだ。視力でも悪いのかと思ったが、メニューは目を眇《すが》めるでもなく普通に見ていた。

京介はこめかみを手の甲で拭っている。

「あなた、ずっとここのバーテンダーだから、あなただけを見てると大和くんはぜんぜん別に見えるよ」

「……」

まだ照れくさそうな京介に言われて隼人は驚いた。

大和とは一卵性の双子だ。だが口を噤《つぐ》んでいてもマスターは隼人を見分けるだろう。それはなぜか。

「……それで正解です」

意外に思いつつも呆れたように隼人は答えた。

教えもしない人から《正しい双子の見分け方》を聞くのははじめてだ。大和と自分はうり二つだ。だが本当に瓜《うり》のように、よくよく見るとほんの僅《わず》かに顔つきが違う。生まれ持った違いと生まれたあとにできた表情の癖。いつもきょろきょろしていた大和のほうが二重の彫り込みが深い。笑うとえくぼがあるのは隼人の方だ。案外みんな知らないのだが、双子をよく見比べようとすると余計にわからなくなる。双子を見分ける方法は、片方だけを見続けることだ。そうするともう片方とはぜんぜん違う人物として認識されるようになる。だから毎日隼人を見続けるマスターは、同じ髪型をしていても、どれほど互いの口調に似せて入れ替わろうとしても隼人を隼人と見抜く。

大和と京介が会ったのは二度、一度は離れた席からチラチラ見ていたくらいだし、その次は会話をしたが短い時間だ。それに比べれば隼人のことは、大和を探して空振りをしては、バーテンダーである自分を置物のようにえんえんと眺めている。そのせいで隼人を覚えてしまったのだ。そのあと大和を見れば別人に見える。

「と言うわけで。出直してください」

隼人は髪を手ぐしで元に戻した。撫でつけているわけではないから数秒だ。ハンドソープの頭を押して、泡を手の上に盛る。

「ま、待ってくれ。わからなかったのは悪かった。でもそれとこれとは話が別だよ、お兄さん」

馴《な》れ馴《な》れしくお兄さんなどと呼ばれてむっとしたが、譲る気は少しもない。

「別じゃありません。兄弟だから、アイツの好みはよく知ってるし、大和には好きな人がいるし、あなたは大和の好みじゃないし、今日は大和は店に来ません。飲み飽きたなら出直したほうがいいと思います」

京介はすでに酒を楽しむ様子はなく、ただ大和を待つ居場所を確保するために酒を注文し続けているだけだ。ちゃんと、氷で味が変わってしまう前に飲み干すのだから、律儀らしいところは好感度が高いが、このまま居座っても無意味だ。

驚いた顔で隼人を見ていた京介は、ため息をついて手元のグラスを揺らした。さっきまでと違って声のトーンが暗い。

「――いくつか質問いい？」

「答えられる範囲なら」

「大和くんの好きな人って誰？」

「お答えできません」

「男性？」

「そうです」

「好きな人って言ったよね。彼氏じゃないの？」

「……今のところは」

ここまでだ、と話せる限界を計りながら、慎重に隼人は答える。

「じゃあ、希望はゼロじゃないわけだ」

「限界まで前向きに取ればそうかもしれませんが、限りなくゼロに近いと思いますよ」

「お兄さんは辛辣《しんらつ》だね」

「親切だと思ってます」

ただの客なら黙っている。待ちぼうけだろうが何だろうが、店に通って酒を呑んでくれるのがありがたいからだ。それを常連を逃がすリスクを負ってまで、変な期待をさせず彼に無駄な金と酒と肝臓機能と時間を浪費させないように情報を流しているのだから悪く取られるのは心外だった。

「まだ大和を待ちますか？」

大和を保護者の前で口説く度胸と、その保護者に見込みがないと言い渡されているのに大和を待つ無駄骨をまだ折る気だろうか。

京介は寂しそうな顔で考え込んだあと呟くような声で答えた。

「まあ……、気持ちの整理がつくまではね」

なんだかかわいそうになってきたと思ってしまうのは甘いだろうか。噂で聞いた印象とだいぶん違う。来る者は拒まず貢がせたら去る者は追わずというか捨てる。少なくとも目の前の京介はそういうふうには見えなかった。大和を待って、大和の気持ちを尊重してくれる。そうなると京介に気の毒な気がした。大和を軽い気持ちで弄ぼうというのでなければ、別に京介が大和のことを好きなのは悪くない。彼の気持ちが叶うかどうかとはまた別の話だったが。

隼人は、レモンを挿した氷水のグラスを作り、カウンターに出した。京介が目をまたたかせて自分を見る。

「弟を好きになってくれて、ありがとうございました」

隼人が言うと、京介は苦笑いでグラスを受け取ってくれた。

「お兄ちゃんだな。お礼が過去形なのは酷いけど」

「僕からもいくつか質問いいですか?」

興味と言うほどではないが、隼人は何となく訊いてみたくなった。大和とは関係ない、本当に個人的な質問だ。

「時計、ご趣味なんですか?」

自分の手首に触れながら隼人は尋ねた。

雑誌で見かけた時計だ。隼人もいいな、と思った時計だが価格を見ると完全に予算オーバーだったし、購入方法を見たら無理だと諦めるしかなかった。老舗高級ブランドではなく、そこから枝分かれした若いデザイナーが作っている時計で受注生産品のようだ。受付期間も短かった。高い時計が欲しいだけならもっとわかりやすいブランドを買うだろうし、広告が不十分で生産数も少ないマイナーブランドの限定品を買うのは普段から時計の情報をチェックしているということだ。

「あ。知ってる? これ」

京介は驚いたように言って、時計のついた腕を差し出してきた。

「いえ詳しくは。雑誌で見かけた気がして」

ほんとは前回男の人となりを窺ったとき、記憶に残っていた時計が、たまたま雑誌で目についたという経緯だ。

「そう。まだ若いブランドなんだけど、デザインの傾向が好きで」

茶色の時計盤、アナログで銀の針が細くてきれいだ。革のベルトも太すぎず細すぎず、留め具に彫られたロゴに目がいく。

「デザイン関係のお仕事ですか？」

――カウンターの内側にいると、いろんなものが見えるようになってくる。

というのはマスターの談で、なるほどなと最近隼人は思うことがある。客が好むカクテルを提供するため、バーテンダーは客の容姿や言動を注意深く観察する。食事帰りならアフターディナーと呼ばれるリキュールの風味を活《い》かした甘めで濃い一杯、ナッツを好めば甘口を勧め、オリーブを摘《つま》んだらさっぱりした一杯を提案してみる。服装もそうだ。スーツひとつ見ても、会社の大きさから役職やある程度の業種までがわかる。

京介は自由業、もしくは自営業だと思っていた。腕時計をしているのにその周辺に日焼けのあとがないのは室内業務が主なことを証明している。スーツで来たことはないが、普段スーツの男の普段着と、普段スーツや制服を着ない人の普段着は違う。京介は日ごろからこういう格好で仕事をしているらしいと隼人は判断した。完全にラフではなく、このままでも他人に会える格好だ。平常からややオシャレに気を使うが、ブランドで固めない普段着のオシャレで過ごす生活なのだろう。それに名声にこだわらず、自分の目で身につけるものを選ぶ。自分のセンスに方向性とかプライドがある人だ。ライフスタイルに取り入れるものの取捨選択ができる。デザイナーかもと隼人に思わせたのもその辺りだった。

京介が少し驚いたように隼人を見た。そして不思議そうな笑顔を浮かべる。

「建築士。小さい事務所で半分サラリー。指名があればプラスボーナスって感じかな」

「けっこう実績があるんですね」

「まだまだ経験不足だけど、最近わりと指名も入るようになってきたんだ。今のところ個人宅に限る、だけど」

「テレビとかに出てる、デラックスな家とか、そういうのですか?」

隼人は今まで狭いアパートにしか住んだことがないから、個人住宅を建築士を使って建てるなどと考えたことがない。ハウスメーカーで買えば三、四千万で買えるような家が、ちょっとデザイン的に風変わりなだけで、一億近い値段になっているのを自慢げに披露《ひろう》している芸能人などを見たことがある。素材にこだわりがあって、ヨーロッパから取り寄せたタイルとかレンガとか建具とか暖炉《だんろ》とか、壁材だとか、キッチンから丸見えのバスルームがあるとか、隼人にはわからない世界だ。

京介は笑って指先をぱたぱたと動かした。

「いや、ぜんぜん。こだわりの家ももちろんあるけど、むしろお金がない人に頼ってほしい感じ」

「そうなんですか?」

安くて前衛的な家ができそうだと思う隼人の心を見透《みす》かすように京介が言う。

「このくらいの予算の中で、一番住みやすい家を、ってできるだろ？」

「……確かに」

ハウスメーカーは既製品だから、定価があって値引きも知れているだろう。買える値段の家を買うではなく、予算に合わせて家を作るという方法も、言われてみればアリなのか。

「ハウスメーカーで買うより割安になることもあるよ。他に自分の暮らしやすいように調整できるからメリットも大きいと思う」

「間取りとかですか？」

隼人には家に関する基礎知識がない。バーテンダーはときには客の話相手にならなければならないので、一般教養とか雑学の勉強を積んだほうがいいのかとマスターに訊いたことがある。マスターの答えは「お客さんに教えてもらえ」だ。素直に訊くことにした。

「間取りはそもそもオーダーメイドだから、床面積に収まればいくらでも組み替えられる。合計予算の中から自分の大事なところを重点的に作るんだ。寝室は質素でもバスルームにお金をかけたいとか、キッチンにこだわってあとは我慢するとか、ロフトは譲れないとか、予算がはみ出そうなら材質のグレードを落とすとかね。それに何て言うか、女性の暮らしと男性の暮らしって、違うだろ？」

京介に答えられて、あっと隼人は思い出した。

「男性に人気の部屋とかあるんでしょうか」

ゲイ専用の間取り、といってもとっさに思いつかないが京介がゲイなら考えたことくらいはあるかもしれない。京介の答えは明快だった。

「あるよ。質問はゲイの同居に人気と捉えてもいい？」

「あ、はあ。……そうです」

歯に衣着せない質問に、訊いたこちらがどきっとする。京介はかまわないようだ。

「キッチンの高さがちょっと高いとか、バスルームが広めとか。あとはオーディオルームを広めに取ってっていう人が多いかな。基本的に子供部屋は考慮しない。あと趣味の部屋に予算の重点を置く人が多い」

「お客さん、多いんですか？」

「こういうのはクチコミだからね」

なるほどと隼人は思った。確かに本当にはじめから男の二人暮らしのために作られた家があるなら、似たような境遇の人に勧めたくなるかもしれない。社会的にもマイノリティだし情報も少ない。

「あなたも《こういうのがあったらいいな》って思うことがあれば教えてください」

にこ。と笑うと京介はとたんに胡散臭《うさんくさ》く、営業っぽい。

「俺は同性の恋人ができる予定がないので」

「でも友人とシェアハウスとかアリでしょう?」

生活の便利さだけを考えると同じことか、と思ってふと、隼人は気がついた。

「うちに来てるのはもしかして、リサーチですか?」

いい風《ふう》に言えばリサーチだが、大和のこともあるとして、あんなにとっかえひっかえ人と話しているのは営業目的ではないかと勘ぐってしまう。京介は、ふはっと不意打ちのように笑った。

「そうじゃない。ただの性的指向。自然にそういう話題になったら参考にさせてもらうけど」

怪しい、と思ったが営業活動はしていないと言うし、カウンターでの会話を耳に挟む限り、セールストークをしているのを聞いたことがない。

「ところで」

と京介が切り出した。

「大和くん、今日は来そうにないっていうのはほんとかな」

「たぶん来ないと思います」

本当に大和だけをずっと待っていたのか。

大和を騙そうとしているのではないのなら、バーテンダーとして微力だが京介のサポートもしてやるべきだと思った。大和は本当に来ないと思うし、会っても話はいい方向に転がらない。それどころか口の厳しい大和だ。他人に優しそうな京介を不用意に傷つけかねない。

「そっか」と京介はため息をついた。

「あんまりいい感触じゃなさそうだけど、もう少し通ってもいいかな。大和くんのこと別にしてもこの店はいい店だ。これもすごく値が張っただろう？」

と言って京介はカウンターを撫でた。バーカウンターは《止まり木》だという。

――コイツなら、少々重い物を背負った鳥が休んでも折れたりしないだろう。

マスター自慢の一枚板だ。この店を始めた頃、何らかの幸運で譲ってもらった大事なカウンターだと言っていた。そういうことをわかってくれる客は嬉しい。

「そうだと思います。マスターの自慢ですから」

板の価値を見抜くのは職業柄かもしれないが、それでもいいと思っていた。自分たちが守る、大事な止まり木だ。

京介は軽くグラスを揺すって頬杖《ほおづえ》をついた。氷が入った水のグラスは結露するとなお涼しそうだ。

「何でこの店に来るか、って訊いたよね」

「はい」

「一生の伴侶《はんりょ》を見つけるのは難しいかもしれないけど、やっぱり三十歳が目の前になってくると一度はトライしてみようかなって思うわけで」

隼人はまだ二十五だし、彼らに比べればチャンスの絶対数は多いかもしれないが隼人だって他人事《ひとごと》ではない。このままバレンタインで働いて、気がついたら三十を過ぎているという可能性など、十分以上にありすぎる話だ。

「俺らはもともと出会いが少ないわけだから、できるだけ多くの人に会いたかった。せっかく気になった人を見つけたのに、なかなか厳しそうだし」

単なる遊び人じゃなかったのか。

そういう理由なら隼人にも理解できる。そのためのバーだし、話相手はとっかえひっかえだが別に相手から金を巻き上げているわけでもない。ただの人懐っこい社交的な人じゃないか。人の噂を鵜呑《うの》みにするのはバーテンダー失格だと、元気がなくなった京介を見ながら大和が反省したとき、カウンターの端で、軽く手が上がって隼人は京介の前を離れた。

隼人を呼んだ客はサラリーマンの風体で、隣の男性といい雰囲気だ。

「ウォッカベースの何かをひとつ。あとこの辺りにツインで入れるホテルがない?」

「マティーニでよろしいでしょうか。ホテルは普通のご宿泊ですか?」

ラブホテルとビジネスホテルの使い分けは重要だ。セックス目的でビジネスホテルを使うのはマナー上避けたいところだし、気が合って話し込みたいだけならビジネスがいいときもある。

「今回はね」

と客は笑った。

「はい」

そんな幸せそうな顔で笑われたら羨ましくなってしまいそうだ。失恋中の大和と京介。遠距離恋愛のマスターと、そもそも恋愛の予定がない自分。誰もの小指には赤い糸が巻かれていて、きっと誰かと繋《つな》がれていると言うが、糸の向こうに何もない場合や、そもそも自分のように糸自体が存在しないかもしれない可能性だってある。しかし少なくとも大和には赤い糸がありそうに思えた。それならもしかしてその赤い糸まで、自分は大和に譲ってしまったのではないだろうか。

母親の腹の中に赤い糸が一本しか入っていないなら、絶対に大和が巻いているのだろうと他愛ないことを考えながらふとテーブルを見ると京介の姿がない。

店内に視線を巡らすと、ちょうどレジでアルバイトのボーイに支払いをしているところだった。

京介は支払いをしてすぐに店を出た。彼を引き止める理由もない。彼はまた来たいと言っていたけれど、大和に脈がないとわかったからもう来ないかもしれない。

家の話が面白かった。腕時計をもう少し見てみたかった。もう少し話をしてみたかったな、と思ったがカウンターの出会いなど一期一会《いちごいちえ》だ。

隼人はまたグラス磨きのクロスを取った。

会えると信じて彼を待つほど、隼人はバーの常識を知らないわけではなかった。

大和が来店したのは土曜日だ。今日は休日出勤したらしい。最近忙しいらしいのは知っていたが、昨日まで九州に出張していたことも知らなかった。その大和はカウンターの上で柏手《かしわで》を打っている。

「一回だけ。一回だけマスター。じっとしてるから」

またマスターに個人的に遊んでくれとねだっているのだ。

「今日、泊まりに行っていいだろ？　明日も夕方から店に入るんだよね？」

「俺の勤務時間とは関係ないだろう」

マスターはつれないが、個人的な誘いの返事はみんなに同じ態度だ。

「そうだけど、もし、間違いがあっても大丈夫っていう意味で」

大和のわがままは今に始まったことではないし、憎めない部分があるからマスターも自分も甘い目で見ていたが、さすがに最近度が過ぎているし、エスカレートぎみだ。

「間違わない。大和」

さすがのマスターも大和のしつこさにやや機嫌が悪そうになってきた。

「わかんないだろ？　そんなこと」

「大和。いい加減にしろ」

さすがに見かねて隼人が口を出した。大和がこっちを睨みつけてくる。

「またアンタかよ、気に入らないならこの店辞めろよ！」

「——そこまでだ」

低い声でマスターが大和を止めた。

「これ以上言うなら出禁だ、大和。断わり文句はもう一度聞く必要があるか？」

「マスター」

びっくりしてマスターを振り返ったのは隼人の方だ。大和はぽかんとしている。バレンタインの出禁は厳しく、場合によっては《元アルバイト》を名乗る暴力団組員による強制的な出禁もある。まだ出禁予告なだけで、出禁を言い渡されたわけではないが、宣告されてしまうと大和は一生この店に入れなくなるだろう。

大和がマスターを睨んだ。好きな相手には本当に甘えたがりで素直な大和も限界のようだ。

「一人の間ぐらい浮気しろよ！　ヘタレ！」

と怒鳴って大和が椅子を降りた。

「大和！」

引き止めて謝らせたいが止める暇もない。マスターを振り返った。マスターは苦い顔をしている。

「すまん。フォローしてくれ」

「すみません」

「携帯電話持てよ？　すぐにあとを追わせる」

悪いのは大和の方だ。あのわがままぶりは放っておいていいと言いたいが、大和の荒れ方は質が悪い。

怒ると自分に刃《やいば》を向けるタイプだ。自棄になって酒を呑んで、不特定多数が出入りするようなところに行ってみたり、行きずりの相手と寝たりする。そのたび嫌がる大和を病院に連れていって検査をさせて、事なきを得たあともこれまでどれほど荒れたかわからない。

エプロンを外し、上着を手にして店を出る。バレンタインはいわゆるハッテンバの入り口にあって、ゲイタウンの最後の良心と呼ぶ人もいる。この奥はダメだ。ヤリ目的の人の立場が強い。危険とわかっているところに来る方が悪い。自棄を起こして誰でもいいと思っている若い男など格好の餌だ。

店を出て、表通りに飛び出してくれれば心配はないが、大和の性格では公園の方に向かっただろうと思う。ポケットに入れたスマートフォンを確かめた。ＧＰＳはいつもＯＮだ。

どこか店に入っていてくれればいい。そう思いながらピンク、紫とだんだんネオンがけばけばしくなっていく通りを奥に向かって歩く。外灯の数が減ってゆく。電柱に裸の男の広告がいくつも貼られている。看板の内容がだんだんえげつなくなる。

こういうときの大和はより刺激的なものを選ぶはずだ。会員制サウナ、個室パブ、ハプニングバー。入り口辺りで見つかればいいが、中に入ってしまったらどうにもできない。そんな店でも出禁を食らうような男は公園の方にいる。

小さな十字路のところできょろきょろ周りを見回すと、急に大音響が背後から聞こえて隼人は振り返った。

クラブだ。防音扉が開くたび、大きな重低音の音楽を漏《も》らしている。ちょうど客引きの男が入り口のところにいたから、十五分以内に自分くらいの年格好の男が来なかったかと訊いてみた。男はスマートフォンの画面を灯して時間を見ながら首を傾げる。

「十五分の間、来店はないね」

話している間に、派手な格好の男がやってきて客引きは彼と一緒にドアの中に入ってしまった。通りにチラチラと人影が見える。週末だから人が多い。

ここにはいないようだ。他に一人で入りやすい店――。最近、もう一軒、こういう出会い目的の小さなクラブができたはずだと思いながら店の前を離れようとしたとき、急に横から腕を摑まれた。

「お兄さん、入らないの?」

見知らぬ男だ。派手目の格好の三人連れだ。

「ツレは? 一人? 相手探し中?」

「いえ、違います……!」

振りほどこうとする動きを見透かしていたように、隼人が腕を引き戻そうとすると、ぐっと指に力を込められた。

「一人で遊んでるの？　週末だもんねえ」

「公園、危ないからこっちに行こう」

「離してくれ。待ちあわせなんだ」

「嘘だよ。俺らずっと見てたもん」

隼人の腕を摑んだ男は強く、隼人を通りの方に引っ張った。

「離せ！」

振り払おうとするが、もう一人の男に背中を押されて通りの奥の方へ歩かせられる。男が笑いながら背後から隼人の耳元に囁いた。

「大丈夫。はじめてとか？　優しくするって。ボクらなら安心だよ」

「こんなとこまで来といてその気がないとかないでしょ」

「違うって！　この通りの店の店員だ！」

バーテンダーの自分が、客かもしれない男たちと喧嘩騒ぎを起こしたら店に迷惑がかかると思ったが、安全には代えられない。男たちは笑うばかりだ。隼人の肩から上着をはぎ取って、現れた黒のベストに、おお、と歓声を上げる。

「いいねえ。コスプレ？」

「違……っ、あぷ！」

いきなり顔にスプレーをかけられた。酢《す》のようなにおいがする。猛烈《もうれつ》に目が痛い。

「っ、は！」

鼻腔《びこう》に刺激があって、変な声が出た。喉と鼻と目。くしゃみの衝動というよりほとんど痛みだ。息を吸うと尖った刺激があって咳《せき》が出る。思わず顔を擦《こす》ろうとする隼人から、彼らは上着をはぎ取る。後ろ手に摑まれた。

「バーテンさんかなー。バーテンさんはお酒を呑みましょうねー」

「！」

目の前に平たいガラスの瓶《びん》が見えて、隼人は首を振ったが遅かった。髪を摑まれ、口に瓶の口を突っ込まれる。ガラスが歯の間でカチン！　と音を立てる。

「ん！」

喉に直接注がれて咳《せ》き込んだ。口の端から吹き出た酒が地面にぼとぼと落ちる。首を振ったが、前髪を摑まれてまた口を開けさせられた。

味はウォッカだ。やばいと思う。隼人は酒が強くない。

——自分が呑める量は知っとけよ？

たまに客から酒を奢られることがあるが、仕事中に酔いつぶれたらしゃれにならない。「仕事になる量」を覚えておけというが隼人はカクテル三杯くらいが限度だった。赤くはならないがすぐに頭がぐらぐらして気分が悪くなる。度数にも敏感で、強い酒はてきめんだ。

暴れて吐き出そうとしたが。手のひらで口を塞《ふさ》がれ、鼻を摘まれる。呼吸の苦しさに耐えかねて呑み込むと次だ。開けさせられた口にまた瓶の口が強引にねじ込まれた。

そうしながら、どんどん通りの奥へ引きずられる。誰かが自分を追いかけてきてくれているはずだが、建物に連れ込まれては見つけようがない。

何とかしてスマートフォンを取り出さなければ、と隼人はポケットに手を伸ばした。こういう場所での商売だ。ボタンを押せば最寄りの交番に通報できるアプリを入れている。手探りでボタンを押そうとしたときだ。

「スマートフォンの電源はお切りくださーい！」

男が笑いながら隼人の手からスマートフォンを取り上げようとした。襲われたときは悲鳴を上げろと言われていたが、酒とさっきのスプレーが苦しくて咳き込むことしかできない。襟や腕を摑まれ、アスファルトの上をずるずると引きずられているときだ。

「警察です！　何をしてるんですか！」

よく通る男の声がした。男たちがぎょっと顔を上げる。

痛む目を必死で開けて声の方を見ると、立っているのは私服の男だ。男は隼人を囲んだ男たちが驚いた瞬間に、こちらに向かって走ってきた。

「何だ、お前……っわあ！」

男は体当たりするように隼人と男たちの間に飛び込んできて、隼人の手を摑んで走り出した。一瞬しか目は開けられないが、男の手に支えられるようにして、隼人は目を閉じたまま必死で走る。

「大和くんのお兄ちゃん、ですよね！」

「!?」

聞き覚えのある声だ。そもそもこんな場所で自分と大和が兄弟だと知っているのはバレンタインの客——すぐに京介だと思い出した。

京介は隼人の腕を引っ張りながら建物の前の段差を上がった。奥の店員に向かって声をかける。

「すみません、二人です！」

突然のことに驚いて、隼人が咳をしながら必死で立っていると、ほっとしたような声がした。

「大丈夫だ。追ってこない」

隼人も開けられない目を必死で開けて、周りの様子を窺うがさっきの男たちは追いかけてこないようだ。この辺りの常連なら店の中では暴れられないだろう。

大丈夫らしいと思うと急に膝《ひざ》が笑った。床にへたり込もうとすると京介は腕を引き上げていた手をゆるめてくれる。そのままずるずると人工大理石のフロアに崩れた。驚いたのと酒を呑んだあとに走ったので、心臓はバクバクだし頭もぐらぐらする。

「お客様、二名様ですね」

「はい。おしぼり、ある？」

「かしこまりました」

尋ねると少しの間があり、爆音のビートが吹き出し、また閉ざされた。また大音量の音楽が聞こえてすぐに小さくくぐもる。

「……はい。おしぼりだよ。目をどうにかしたの？」

床に座った隼人の手におしぼりが握らされた。ひりひりする目許《めもと》を拭う。ウォッカで汚れた口許も拭《ふ》いたがびしょびしょのシャツからはまだ酒の香りがしていて、これだけでも酔いそうだ。

一通り拭うと、おしぼりを取り替えてくれた。それでもう一度、顔と首筋と手を拭う。

「こんなところで何やってるんだ」

困惑した声で京介に尋ねられて、はっと隼人は顔を上げた。

「大和を捜さなきゃ……！」

「大和くんを？」

「大和が店を飛び出したんだ。だから」

「こっちに来たのか？　一人で？」

「わからない。でもヤバいほうから探さなきゃ」

京介の袖に縋って隼人は立ち上がろうとした。自分があっという間にこんな目に遭うのだ。

今頃大和が危険な目に遭っている可能性は高い。うずくまるこの数秒の間にも、大和は誰かの手に摑まれているかもしれないのに。

京介は少し考えるように黙ってから隼人に言った。

「わかった。俺が行こう。だがお兄ちゃんも放っておけない。一人で探してるのか？」

「ううん。誰か、あとから来た人がいると思う」

ゲイバーというと薄暗いイメージだが、バレンタインのような優良な老舗となると警察とは懇意だ。

「交番の人も来てくれるはず……」

飛び出しただけだからすぐに捜索にはならないが、見回りの時間を多少繰り上げるくらいの融通は利かせてくれる。

「わかった。じゃあ、お兄ちゃんをバレンタインに送り届けたあとに、俺が大和くんを捜しに行こう」

「いい。大和を先に……」

そう呟くと、ふっと目の前が暗くなるような苦しさが襲ってきた。思わず濡れた胸元を摑む。かはっかはっと、おかしな咳が出る。気管の中に入った酒が出たようだ。

「飲まされたのか」

ウォッカのにおいをかぎ取ったのか、京介が心配そうに言った。

「少しだけ……。走ったせいだと思うから大丈夫……」

隼人は京介に縋っていた手に力を込めた。早く大和を捜さなければ。週末のこの通りは、思った以上に危ない。

「お兄ちゃん、それじゃ無理だ。……あの、すみません！」

京介が顔を上げて、入り口の係を呼んだ。

「さっきの代行の人、もう一回呼んでもらえます？」

店員に問いかけたあと、京介は隼人を覗《のぞ》き込むようにしながら言い聞かせるように囁いた。

「――お兄ちゃんは、俺の車の中で待ってて。そしたら俺は今から大和くんを探しに行けるから」

「でも、そんなの、悪いです」

代行を待たせた代金はあとから払うつもりだが、それにしたって甘えすぎだ。それに常連とも言えない程度の客に、こんな治安の悪いところで大和を捜させるわけにもいかない。

「一石二鳥だ。お兄ちゃんが助かって、俺が大和くんに会えて、それにこんなふうに、大和くんにもいいところのひとつも見せられたら三鳥かな」

笑顔で囁かれて、ああそうだったと隼人は思った。京介は自分ではなく、大和を好きだったのだ。

すぐに車のドアの音がして、店の前にハザードを上げたタクシーと乗用車が停まった。

「行こう。歩けるか？」

「でも、あの」

京介に支えられて立ち上がろうとしたとき、こちらの様子を窺うような男の声がした。

「すみません。えっと、もうお帰りですか？　中に入りませんか？」

「はい。このまま帰ります」

入店料を払ったのに、玄関先でおしぼりだけを使って帰る自分たちに店員が怪訝そうな声をかけてくる。

「じゃあ、一応こちらの方にもスタンプ、捺させてください。決まりなんで」

と言って男が隼人の手の甲に、何か筒を押しつけた。ぺた、とくっつく感触がする。筒を離すと手の甲に蛍光緑色のスマイリーマークがついていた。隼人は押されるのははじめてだが、バレンタインの客が捺しているのを見たことがある。金を払ってこのクラブに入ると手の甲にスタンプを押してくれる。中で誘い合ってバーやプールに遊びに行く。当日中なら出入りは自由だ。そんなルールのハウスだ。

ブラックライトの下で発光するスマイリーが、痛む目に沁《し》みる。

ひりひりする目許とか、酒がこんなに回るのも久しぶりだ。襟のところのボタンが引きちぎられている。手の甲には蛍光のスマイリースタンプ。些細なことだがどれも非日常だ。大和がいないことだけが日常だが、これが非日常になってからでは遅い。

「すみません、俺も連れてってください」

「お兄ちゃん……」

「足手まといかもしれないけど、道案内くらいはできますから」

京介の腕に縋って立ち上がろうとしたとき、ポケットでマイケルジャクソンが、ぽう。と鳴いた。

「！」

はっとスマートフォンを取り出す。自分の着信を設定していったのは大和だ。メールが一件──。

件名なしの短いメールだ。

《今駅。公園行くなよ？》

と書いてある。

怒りというより、安堵《あんど》で崩れそうだった。人に迷惑をかけて、客にまで迷惑をかけて、それでも大和が無事だとわかるとほっとして涙が込みあげる。

「すみません、大和、駅です。引き止めますか？」

スマートフォンを京介に翳《かざ》して隼人は訊いてみた。今、電話をかければ京介は大和に会えるだろう。大和がいくら京介に興味がないと言っても、大和を心配して、隼人を助け、自分の危険を顧みず大和を助けに行こうとしてくれた人だ。居酒屋か、最悪でもコーヒーショップの一軒くらい、兄の権限で付き合わせてやる。こんなことで礼になるとは思わないが、大和の軽率な行動は、彼をまったく無罪で放っておけるものではない。

「大和くん、無事だったの？」

「はい。ありがとうございました。あなたには、改めてお詫《わ》びを……」

こんな酔いの回ったよれよれの格好ではなく、バレンタインで訳を話して、ちゃんとしたグラスの一杯を彼に返したい。

京介は隼人を支えてゆっくりと立ち上がらせた。目眩《めまい》はするが一人で立てそうだ。

「よかった。大和くんがいいなら今度はお兄ちゃんだ」

「俺は大丈夫です」

「大丈夫じゃないだろう？」

「店に帰ります」

店までなら歩けそうだし、マスターに大和が無事だったと報告しなければならない。店が閉まるまで、まだ一時間以上ある。

「店に帰って何をするの？　被害届を出すなら俺も行こうか？」

「そんなことはしません」

暴行未遂《みすい》だ。誰かもわからないし証拠もない。本格的に捜査をすれば犯人はわかるかもしれないが、そんなことをすれば店に迷惑がかかる。営業側は泣き寝入りが常道だ。危険なのがわかっていて公園の方に一人で大和を捜しに出た時点で、自分の安全を諦めた。

「じゃあ決まりだ。今晩はうちにおいで。それとも大和くんが家で待ってる？　ご家族は？」

「……いいえ」

気まずい雰囲気になったら、大和は家に帰ってこない。それでも一応隼人を心配してくれたのだろう、さっきのメールを寄越してくる辺り、大和も成長したものだ。

「そんなにフラフラじゃどうせ仕事にならないだろう。何だったら俺がお店に電話をしようか？」

と訊かれていると、着信があった。

画面を見ると店からだ。

「マスター」

《大丈夫か。隼人。どこだ》

ためらったが隼人は答えた。

「ちょっとトラブって……、でも大丈夫です。顔見知りに助けてもらいました」

《そうか。お前は大丈夫なのか？　ソイツは安心していいヤツか？》

問われて隼人は京介を見る。

「……はい」

悪い男ではないと信じていいと思う。

《そうか。モトキたちに公園の方に行ってもらったが、大和みたいなのは来てないらしい》

報告されて、はっと隼人はスマートフォンに縋った。

「すみません、今大和から連絡があって、駅のほうに引き返したみたいです。すみません……！」

メールが来たことを急いでマスターに告げた。そして襲われそうになったことも簡単に話した。襲われたと言っても不幸中の幸いの範囲ですませられるくらいのこと、隼人に怪我がないことを告げた。

《今どこだ？　迎えに行こうか？》

「はい……。……あ、いえ」

京介に甘えるよりはと思いかけて、ふと自分の手を見る。袖口や胸元は酒で濡れ、襟も開いている。膝は汚れているし、目許が熱っぽいのもわかる。さっきはとっさに店に帰ろうと思ったが、こんな姿をマスターに見せたら心配をかける。

「……大丈夫です。でも今日は俺、このまま抜けても大丈夫ですか」

もしも店が大丈夫なら帰宅した方がいい格好だ。土曜日だからアルバイトが二人入っている。時間も遅めだ。これからてんてこ舞いになることはないだろう。

《かまわない。帰れるか》

「大丈夫です。タクシー捕まりました」

正確には京介の呼んだものだが、一台捕まれば別のタクシーも呼んでもらえるはずだ。

「すみません、明日、色々報告します。大和が……本当にご迷惑をおかけしました」

涙が込みあげそうになるのを堪えて、隼人は通話を切った。

いらいらした態度の代行の運転手が立っている。

「行こう。歩ける？」

京介に手を引っ張られて、隼人にはもう逆らう術《すべ》がない。

後部座席に二人で座った。

「——のほうへ行ってください」

タクシーに乗ると、京介は運転手にバイパスの名を告げた。隣町どころか、隣の県だ。

「……まさか、……県外から？」

驚いて尋ねると、京介は隼人を自分の肩に寄りかからせながら少し恥ずかしそうな声を出した。

「よくある話だろ？」

外聞を気にして地元のゲイタウンに行かない人は多い。

「週末だけなら何とか通えるもんなんだよ。今日はホテルに泊まって帰ろうと思ったから、車で来てしまったけど」

「あ……。まさか、俺、ものすごく京介さんに悪いことしてますか？」

シートから慌てて背中を起こす。京介は近場のホテルまで代行で帰る予定だったのだ。隼人を保護してしまったがために、ホテルはキャンセル、代行で自宅まで帰るはめになったらしい。

「いいです、降ろしてください」

さすがにそんな好意は受け取れないと思って、運転手に停まってくれと告げようとしたとき、隣に座っている京介が胸の前に手を出した。

「ここで、君を降ろしたら心配だろう？　家にも一人だって言うし」

「それは……」

混乱に任せて本当のことを答えてしまったが、自宅に送ってくれと言えばすむ話だった。後悔しても遅い。

「……すみません」

酒のせいかパニックのせいか、完全に頭が回っていない。自分らしくないあしらいだ。いくらになるかわからないが、必ずタクシー代は出そうと思っていた。もしもホテルがキャンセルになるならその金も隼人が支払うべきだと思う。

しばらく黙って座っていると、ぽつぽつと京介が喋りはじめた。

「今日、曜日を変えてバレンタインに行ってみようと思ったんだけど、こないだお兄ちゃんにあんなにはっきり大和くんは脈なし、って言われたから、何となく決まりが悪くって、他の店で遊んで帰ろうと思ったんだ」

「……すみません」

隼人のせいだ。よかれと思って言ったことだが京介に失礼すぎたと反省した。バーテンダーの業務範囲だと思っていたが、思い上がりだ。

京介は手の甲を軽く翳して見せた。タクシーの暗い車内でスマイリーが緑色に光っている。

「さっきの店でダラダラ遊んでいて、代行を呼んで外に出てみたらちょうどお兄ちゃんが見えてさ。何か捜してるみたいだったから、危ないなって思って声をかけようとしたら、すぐに見失って」

見失ったのに諦めずに捜してくれるところが、京介の優しさが信頼に足るのだと思う。自分に脈のない大和、もしくは自分に暴言まがいの言葉を吐いたゲイバーのバーテンダー。それの身を案じて捜してくれる人などそう多くはない。

「で、揉めてる人の塊《かたまり》が見えたから、一《いち》か八《ばち》かで声をかけてみたら、大和くんのお兄ちゃんだったというわけ」

「……《隼人》」

隼人はぼそりと小声で名乗った。普段は気にならないのだが、実際恩を受けたのは自分で、礼を言いたいのも自分だ。

「え？」

「隼人っていうんだ。名前」

「ああ……。そっか、ごめん。隼人くん」

「隼人でいいよ。みんなあそこでは呼び捨てだから」

自分にくんづけをするのは、アルバイトくらいだ。常連からも呼び捨てだった。バーの性質上、名字を隠して名前で呼び合うのがローカルルールのようなものだった。半分くらいが源氏名や偽名だと隼人は思っている。

「じゃあ、隼人。俺も京介でいいけど」

「京介さん、何歳？」

「二十八」

「年上だからさんづけでいい？」

「お好きにどうぞ」

と言われても、用事もないのに京介さんと呼ぶのもおかしい気がする。

黙って車のシートに身を投げながら、手の甲に光るスタンプを眺めている。目の痛みと酔いで目を閉じていたら眠ってしまいそうだ。

バイパスに乗ったらすぐに気分が悪くなってきた。いつもは冷や汗が出て吐き気がするのだが、今日はだんだん頭が熱くなって、ぐらぐらしてくる。堪えなければと思うせいか、心臓がばくばくと喚《わめ》いて壊れそうだ。

口を手のひらで覆《おお》う。酒の匂いとおしぼりの安い香水の匂いで吐きそうになる。「停めてください」と言いかけて堪えるのを何度も繰り返した。夕飯は賄《まかな》いを少し食べただけだ。吐くにしてもウォッカと胃液ぐらいだから堪えられそうだ。だが目眩と動悸《どうき》はどんどん酷くなってゆく。

「隼人。大丈夫か？　もう少し」

タクシーを降りたときにはもう、まったく歩けない。灯りのついたエントランスホールに連れてゆかれた。エレベーターの前でしゃがみ込んでいる間に、京介が玄関のところで車のキーを受け取っているのがぼんやりと見えた。代金を直接聞けなかったが、あの代行なら問い合わせができるはずだ。ちゃんと全額払おう。

側に戻ってきた京介に腕を支えられて立たせられる。

「もう少し。病院に行くなら今言って」

エレベーターに引き込まれながら、隼人は首を振る。酔いは酷いが、急性アルコール中毒を疑うほどには呑んでいない。

エレベーターが動く瞬間、ぐっと吐き気が込みあげたが何とか堪えた。

建物はマンションらしかった。並んだドアのひとつを京介は開けた。入ると自動で玄関の頭上に灯りが灯る。

白い内装の部屋だ。卵色の光の中で、チークの家具が際だっている。

「……トイレをお借りします」

「どうぞ。一人で大丈夫？　吐くならドアは開けといて」

すみませんと答える余裕はなかった。

車酔いの勢いでウォッカを吐いてしまおうと思うのだが、白い陶器に落ちるのは僅かな量だけだ。

タオルを手にした京介がすぐにやってきて、背中をさすってくれた。何度かえずいたがもう吐けない。首を振るとすぐに水が入ったグラスが差し出される。

好意に甘えて口をゆすいだ。べたべたした口内がスッキリする。友人でもない、はじめて訪れる客の高そうなマンションで吐くなんて失礼も極まりないが、今の隼人にはどうすることもできない。

「水を飲んで吐くとかいう高等技術を持ってるか？」

「……いえ」

そもそも隼人は普段そこまで深酒をすることがないから必要がなかった。

「じゃあ、おいで」

と言って立たされた。

洗面台に連れていかれ、ぬるま湯を出してもらって顔を洗う。目は相変わらず痛い。瞼《まぶた》辺りもひりひりとした。顔を洗うと、京介が隼人のベストのボタンに手をかけてきた。

「服は脱いで。これ、乾燥機かけていいの？」

手際よく隼人の服を脱がせる。恥ずかしがる前に頭からTシャツを被せられ、考える余裕もなく、隼人はTシャツの中ではいと答えた。

「下は自分で。パンツは新品。スエットは俺のサイズだけど、寝間着代わりだからいいだろう？」

並んでみると京介のほうがずいぶん背が高い。足もたぶん長い。

「は……はい……」

ここまで甘えてしまっていいものだろうかと思ったが、逆らえない流れだ。回復したら精一杯のお礼をするしかない。

「吐くのは治まったかな。おいで」

きれいなマンションの、トイレと洗面台と洗濯機がある場所と順に連れ回され、最終的に辿り着いたのは寝室だった。

セミダブルベッドが部屋の隅にある。ランプの隣に小さな銀色のオーディオコンポがある。

「俺のベッドだけど、シーツは昨日換えたから我慢な」

と言ってベッドに座らされた。

「自分で中に入って。水を持ってくる」

「あ、あの」

隼人に乾いたタオルを渡して京介はベッドの前を離れた。

酔いは苦しく、休みたいが、他人のベッドに入れてもらうのは気が引ける。京介はただの客だ。それに大和のことでこれまであまりいい態度を取ってやれなかった。京介にとって人助けかもしれないが、ここまで甘えていいものだろうか。

だがいよいよ酒が回って、頭が地面に引っ張られているようだ。隼人は倒れる前に辛うじて、渡されたタオルを頭の下に敷き込んだ。人のベッドにワックスをつけるのは申し訳なさすぎる。

横に倒れると身体が楽になる。全身の肉が骨から外れ落ちそうだ。隼人は胃から込みあげてくる熱い息をふうと吐いた。

着こなれた綿の心地よさ。微かな京介のにおいは馴染みがなかったが、人の気配にほっとする。

大和は今、どこにいるだろう。

駅だとメールに書いてあった。そこからどこへ行ったのだろう。部屋には帰らないと思うが、今夜はどこにいるつもりだろうか。そもそも駅からだというのは本当だろうか。会えるものなら一度会いたい。明日、マスターに謝るつもりだが、大和を反省させられてもいないのに軽率な気もする。大和を会社で待ち伏せをして店に連れてゆきたいが、一度そうしてそのあと酷い喧嘩になった。

小さい頃は大和と仲がよかった。兄弟で双子だ。誰も自分たちの見分けがつかなくて、他の兄弟にはない特別感を誇らしく思っていた。同学年に兄弟がいるのも特別で、見分けがつかないものだからクラスを分けられそうになって、泣いて嫌がったのも隼人の中では温かい思い出だった。

——大丈夫。俺がいるから。

中学一年生のとき二人きりになった。朝から晩まで泣いている大和にずっとずっと繰り返し約束をした。急に放り出された子ども二人だ。隼人も一生懸命頑張ったつもりだが、母親のようにはできず、大人ではない自分にはできないことも多く、不満とストレスを溜めた大和を荒れさせてしまった。そして辛うじてでも学校を出て、大和を支えていこうと思ったのに、社会的に成功したのは大和の方だ。

自分は大和に何をしてやれているのだろう。

改めて考えると何もない気がする。口うるさく思われているだけではないだろうか。大和が家に帰らないのだって、自分が家にいなければちゃんと普通に帰ってくるのではないか。

「……」

頬にひやりとしたものが触れて、隼人は閉じていた目を開けた。上から京介が覗き込んでいる。

「目が真っ赤だ。洗ってもまだ痛む？　うち、目薬がないんだ。とりあえずこれで冷やしてみて。あまり傷むようなら買ってくるよ」

と言って手に握らせてくれたのは絞ったタオルだ。

「いい、です……、痛みはもうだいぶん取れました」

スプレーを吹きつけられたときは針のように沁みたのだが、涙で洗われたせいか痛みはだいぶん減っている。瞼のひりつきも顔を洗ったらずいぶん軽くなったようだ。

「水を持ってきた。起きられる？」

京介は隼人の背中に腕を差し込み、抱き起こした。

この人は何で自分にこんなに優しくするのだろう。考える間もなく答えはあった。大和の代わりだ。昔から誰もがそうだった。大和を先に可愛がって、大和が大人に飽きて向こうに行ってしまうとようやく彼らの視線が自分に向く。大和の代わりに可愛がられる。余り物を貰うような惨《みじ》めさと、それにすら縋りたくなる情けなさ。それが悔しくて何か彼らの愛情に対する支払いを探したいと思っていたが今まで具体的なものが見つかったことがない。

起こされそうになるのに逆らうように、隼人は京介の首筋にしがみついた。

「京介さん」

「ん？」

「京介さんも、大和と俺を間違えて助けに来てくれたの？」

そう思えば納得がいく。上着を着ていたせいで大和と自分の見分けがつかなかったのだ。

隼人はこの時間店で働いているはずだから、京介は大和だと判断したのだろう。そうでもなければ、一度見逃した自分をわざわざ捜して助けに来てくれるはずなどない。証拠にあのあと京介は自分をタクシーに預け、大和を捜しに行こうとした。

「違うよ」

「残念。俺、隼人でした。あのさ」

おかしな笑いが込みあげた。そして自分の笑い声で心が冷めてしまう。自暴自棄と言うには力がない卑屈な声で呟いた。

「今晩、俺を大和の代わりにしていいよ。アイツらにやられるくらいなら、京介さんの方がぜんぜんマシだし、いっぱい助けられたし、恩返しなんて、そんなにできそうにないし」

タクシー代を払えばすむようなものではないと思っている。でも大和に彼を紹介できるかどうかは別問題だ。だったら自分にできることはこのくらいしかない。

それに何というか、疲れたのだ。大和の代わりに好意を受け取り相手に残念がられるのも、それを惨めに思うのも。

「大和にできないこともしていいよ」

自分でも酒臭いと思う息で呟く隼人の髪を優しく撫《な》でながら京介が答えた。

「魅力的な誘いだけどやめておくよ」

「どうして？」

「隼人が理由を理解できないのが答えだ」

と言って京介は隼人をしっかり抱いて、ベッドの上に座らせた。

氷が入ったグラスが渡される。

「自棄を起こすな。疲れてるんだろう」

そんなことはないと言いかけたが、自分の頭の中がぐらぐらなのは隼人にもわかっている。でもいたたまれないのだ。何でもいいから誰かの役に立つ自分になりたい。

震える両手でグラスを持つ隼人に、京介は囁いた。

「水を飲んでよく眠って。本当に病院は行かなくていいか？」

言い聞かせるように勧められて、隼人は頷いてグラスに口をつけた。……レモンの香りがする。

「真似《まね》してみたんだ。リキッドしかなかったけど」

バレンタインでは何気ないサービスのつもりでしかなかったが、こんなふうに人に伝わるんだなと思うと、やり甲斐《がい》と言うには些細な満足感に胸が少し熱くなった。

「俺はもう少し起きてるから、隼人はこのまま眠ってくれ。気分が悪くなったらいつでも起こして。あと風呂とかグラスとか水は自由に使っていい。冷蔵庫の中のジュースとか、お茶とか、あるものは何でも」

三分の一ほど飲んだグラスを受け取りながら京介が言った。

「すみません」

「ありがとうじゃなくて？」

「……ありがとうございます」

知らない間についた謝り癖を優しく正して、京介は隼人から受け取ったグラスをベッドサイドに置いた。

「おやすみ。明日は俺は休みだ。帰りたい時間になったら起こして」

京介は、そう言いながら頬にキスをしかけてやめた。あまりに自然だったから、親しい人とこうするのが癖のようだが、隼人がゲイではないから思いとどまったのだろう。ハグやキスの習慣がある人だろうか。こんなことをするから貢がせ目的だなどと誤解されるのだ。

今度はベッドに倒れるようにと促されて、隼人は京介の手に大人しく従った。額に濡れたタオルが乗せられる。

「おやすみ」

もう一度囁いて京介は立ち上がった。ドアのところで灯りを消して部屋を出る。

閉まるドアの光の中に消えて行く背中を見送って、隼人はタオルを目許に下げた。冷たいタオルが目許のほてりと一緒に涙も吸ってくれる。

隼人はほとんど旅行に行ったことがない。金がなかったのもあるが、一緒に旅行に行くような友だちがいなかったからだ。大学を出たあとも初めての就職先は、今思い返せばややブラックぎみで、早朝から出勤で深夜にも呼び出しがあるようなところだった。休日は心身共に疲れ果て、倒れて動けなかった。初めてのバレンタインの慰安旅行の日はちょうど大和が酔っ払いで警察に保護されて欠席、今年の慰安旅行は再来月の予定だ。

目を開けたら白かった。

白い壁。窓辺はレース。クロゼットらしい扉も白い。

どこだったっけ、と思いながら寝返りをすると温かいものに手が触れた。隣に男が寝ている。一瞬止まる脳みそを無理やり回すと昨夜の断片がガラスのように隼人の胸に刺さった。

「わ……。っ……た、あ……っ……」

京介と距離を取る方向に、ひっと飛び起きるとずきんと、頭の天辺まで痛みが走った。覚えのある痛みだ。二日酔いらしい。

そうだ。昨日は京介に助けられて介抱してもらったのだ。

「いて……」

改めてベッドの上で頭を抱えながら、隣で眠る京介を見下ろした。京介はブルーのパジャマに身を包んでいる。自分は昨日、京介に借りたTシャツ姿だ。

そっと布団《ふとん》をはぐってみる。ズボンは穿いたままだ。何もなかったらしい。

よかった。……と昨夜のことを想い出しかけて隼人は固まった。

——俺を大和の代わりにしていいよ。

何てことを言ったんだ、と思うとかあああああっと顔が熱くなる。

やばい、恥ずかしい。逃げ出したい。

混乱した隼人につけ込まず、落ち着くように促してくれた京介の理性がありがたく、余計に一人でテンパっていた自分が浮き彫りになる。酔っ払いの戯《ざ》れ言《ごと》として笑い飛ばすにも恥ずかしすぎる。自棄を起こすにしたって何か他に言うことはなかったのだろうかと考えつつ、熱くなった頬に手のひらを当てながら京介を見た。京介はやや俯《うつぶ》せぎみになって眠っている。二重なのに余り濃くない寝顔だ。ワックスを落とした短い髪がふさふさしていて毛並みのいい犬のようだった。

恥ずかしさはまだ去らない。そのうえ絶望まで湧き上がってきて本当にいたたまれない。この状態で京介に目を覚まされた日には恥ずかしさと自己嫌悪で悲鳴を上げそうだ。切れ切れになりそうな呼吸を抑えて、隼人は静かにベッドを降りた。

頭痛はするが、気分はだいぶんよくなっていた。目許のひりつきも消えている。

部屋を見回して時計を探した。壁に数字と針だけが埋め込まれた時計があった。午前七時五十分。

目が覚めたら自由にしていいと言われた覚えがある。帰りたい時間に起こせとも言われていたが、バレンタインに出勤するのは夕方からだ。帰宅は午後からでも間に合う。

ベッドサイドに隼人のスマートフォンがあった。着信ランプが光っている。隼人は洗面所へ向かいながら着信の内容を確認した。マスターから《大丈夫か》とメッセージがあった。それに《大丈夫です。普通通り出勤します。ご迷惑をおかけしました》と返信をする。洗面所の中に入ってから大和に電話をかけてみた。休日だが応答はなし。連絡しろとメールを送ってみたが、たぶんいつものように無視だろう。

口をすすごうと洗面台を振り返るとボウルの隣にタオルと小物がある。小物の上にはメモ紙があって《ハヤトくんへ。使ってください。シャワーもどうぞ》とある。マメな人だ。折りたたんだバスタオルとタオルの上に、ホテルのロゴがついたパッケージされた歯みがきセット、側にグラスがある。

どうしよう、と思いながら隼人はふと洗面台の鏡を見た。

顔色は悪く、目の周りにクマがある。痛みはないのだが目が充血して真っ赤だ。ワックスをつけたまま寝たので、髪がおもしろいくらいに爆発したまま固定されている。こんな頭で迫られたって笑いしか浮かばなかっただろうと、隼人は昨夜の醜態を重ねて恥じた。

これまでに見た自分の中でも一、二を争う酷い顔だ。こんな様子で彼の前に出るのは余計に失礼かもしれない。隼人は迷ったがシャワーを使わせてもらうことにした。

バスルームも白や淡い水色で明るく統一されていて、やや広めだ。

――バスルームが広めとか。

カウンターでの言葉を思い出した。面積はやや広め、というくらいなのだがそれだけで開放感がぜんぜん違う。明るくいかにも清潔なのだが、使うのが怖くなるような脅迫《きょうはく》じみた白ではないのもいい。

シャンプーを借りて髪のワックスを落とした。ボディソープの容れものがやけに可愛いと思ったら、はじめから泡で出る市販品だ。生活を大切にする人なんだなと思った。特に気取ったところがないのに、優しくて暮らしやすい。

手の甲にはピンクのスマイリーが溶けかかって残っていた。ブラックライトの下では緑色だが、インク自体はピンク色だ。水性だから手を洗えばすぐに落ちる。

バスルームで立派なドラム型洗濯機がときどき音を立てていて、パネルを見るとどうやら乾燥は終了し、しわにならないようにときどき回転しているだけのようだった。勝手に取り出させてもらって、一緒に入っていた洗濯物は洗濯機の上に畳《たた》んだ。

アイロンのいらないタイプだからそのままシャツに腕を通した。襟のボタンが取れている、黒いズボンは無事だ。ベストは持って帰ることにして、シャツの上に上着を羽織《はお》れば電車に乗れそうだ。

寝室に戻ると京介はまだ眠っている。

起こしても悪いし、部屋の隅に立ちっぱなしで待っているのも居心地が悪い。

キッチンに行ってみることにした。

リビングと繋《つな》がる対面型キッチンだ。男の一人暮らしだから、キッチン部分は狭めだが、しっかりとしたシステムキッチンだ。使い込んだ形跡はない。飲み物などは自由にしていいと言われていた。

さてどうしよう、と思ってシンクの前に立って気づいた。何となくシンクが高い。

——キッチンの高さがちょっと高いとか。

思い出して水道のカランに手を伸ばしてみる。自然に手が行くというか、ちょうどいい。

こういうことかと隼人は納得した。洗い物のときに前屈《まえかが》みにならずにすむし、物も取りやすそうだ。換気扇《かんきせん》のフードも高いから頭上も広い感じがする。

肩肘《かたひじ》を張らない贅沢《ぜいたく》だ。ほんの少し何もかもが高いだけで、生活が——日常生活だからこそ大きく楽なのがわかる。

こういう家もあるんだな、と本当に感心しながら、隼人はキッチン周りを見回した。

電気ポットはないようだ。ＩＨの上に乗せっぱなしになっているケトルでお湯を沸かした。

ガラス棚のすぐ見えるところに紅茶のパックや茶筒がある。茶筒を開けてみると緑茶ではなくなぜかほうじ茶だ。同じ棚に、密封瓶に入った梅干しを発見した。

これにしようかと思っているとき、リビングのドアが開いた。パジャマ姿の京介が入ってくる。

「おはようございます」

対面型キッチンで背後にカウンターがある。しかも仕事着だからとっさにバーテンダーモードに入りそうで、隼人はちょっと戸惑いそうになった。

あくびをしながら近寄ってきた京介は、シンクの方に入らず、客のようにカウンターの前に座った。

「おはよう。起こしてくれればいいのに。時間はまだいいの？」

「はい。三時頃までに店に入ればいいので。京介さんが起きてから帰ろうと思いました」

「送っていくよ」

「大丈夫です」

近場ならまだしも県外だ。昨日は酔っていて断り損ねてしまったが、甘えるにも度が過ぎる。

「連れて帰った責任だ」

「迷惑をかけたのは俺の方です」

昨夜だって今冷静に考えれば、駅か自宅に連れて帰ってもらうべきだった。隼人の答えに、京介がそしらぬふうにため息をつく。

「ドライブがてらにしようかな」

「お仕事はどうなんですか？」

今まで爆睡《ばくすい》していたということは、昨日は遅くまで仕事をしていたのではないかと思う。

寝不足そうな顔だ。カウンターの中で、相手の体調に合わせて勧める度数の強さを決める能力も磨かれてきた。

　京介はカウンターテーブルの上に頭を抱えた。

「んー。痛いところを突いてくるなあ……」

　こうしていると本当に店のようだ。京介は寝癖がついたふさふさの頭を掻きながら思案げに答えた。

「忙しいと言えば忙しいかな。最近、週末呑みすぎてるし」

　あんな時間まで大和を待って、それから電車や宿泊して帰宅となると、週末の夜はまったく仕事にならないだろう。それは彼の責任だと思ったが、今日は同情に加味される。

「ちょうどよかった」

　隼人は京介に微笑みかけて、棚の中から使い込んだ感じがある湯のみと、客用らしいソーサーに伏せられた白いコーヒーカップを取り出した。

「これを使ってもいいですか？　急須《きゅうす》はこれで？」

「どうぞ。お客さんにさせちゃって悪いね。うち、お茶なんてあったっけ？　ティーバッグのお茶ならどこかにあると思うんだけど」

「ここに茶筒が。勝手をしてすみません」

　と言ったところで、ケトルが鳴った。

多めに入れたほうじ茶に熱湯を注ぐ。ほうじ茶は葉が荒いので揺すらないのがコツだ。三十秒を頭でカウントしながら、湯のみの中に梅干しを一つずつ。上からほうじ茶を注ぐ。

「お酒の翌日にはおすすめです。熱いので気をつけてください」

隼人は湯のみの方を京介に出した。

「なんだか朝っぱらからバーに来たみたいだ」

と京介は笑って、湯のみを摘むようにしておそるおそるすする。

「……あ。なんかイイ。身体に沁みるね」

「でしょ?」

ほうじ茶のさっぱりした口当たりと、梅干しのほどよい塩分。この火傷《やけど》しそうに熱いのもいい。マスターに教えてもらった二日酔いの特効薬で、バレンタインでは従業員にしか出ない裏メニューだ。

「さすがバーテンダーさん。お代は?」

「ビルド代ですか?」

混ぜるものをステアといい、注ぐのをビルドという。カクテルならそれなりの技術やレシピがあるものの、これは本当に注いだだけだ。

熱いカップからお茶を数口飲んで、隼人は改めて京介に頭を下げた。

「昨夜は本当にありがとうございました。今日は何も持ち合わせてませんから、お礼は改め

てさせてください」

「そんなのいいよ」

「よくないです。お礼以外の用件ではかけませんから、連絡先を教えてもらえると嬉《うれ》しいです」

マンション名と部屋番号を覚えて帰れば連絡の取りようがあるが、そんな盗み見たような連絡の取り方ではなくて、本人から訊けるならそれが一番信用がある。

「それ、いい口説《くど》き文句だな。なんだかするっと喋っちゃいそうだ」

と言って京介はカウンターテーブルの隅に手を伸ばした。ここで商談することがあるのかもしれない。タイルのような光沢《こうたく》がある紺色の名刺入れを開ける。

カウンターの上に一枚名刺が差し出された。

高田《たかだ》京介。池《いけ》デザイン事務所、一級建築士と書いてある。京介というのは本名だったのか。

「頂戴《ちょうだい》します。僕の名刺は店にしかありませんので失礼します。僕は、伊勢崎隼人と言います」

両手で丁寧に取り上げようとしたとき、京介が先に名刺を引き戻した。

ペンを引き寄せ、裏に携帯電話らしい番号を書きつける。

「何かあったら電話して」

「まだ家を建てる予定はありませんが」

と答えると京介が噴き出した。

「真面目な顔で案外面白いことを言うね」

京介は隼人にもう一度名刺を差しやった。

「昨日のようなときとか」

「滅多にありませんよ」

「昨日みたいな滅多がしょっちゅうあったら困るだろう？　それから大和くんが来たときとか、隼人が店に入ってない日とか」

「俺、ですか」

意外なことをつけ足されて、隼人は思わず問い返した。大和はわかるがなぜ自分まで。頬杖の京介がおもしろそうに隼人を見ている。

「一人称は《俺》？《僕》？」

しまったと思ったが、白状するしかない。ここは店でもないし。

「職場では僕で、プライベートは俺です」

厳密ではないが、一応名乗り分けているつもりだ。本当は店では《私》と言うべきなのだろうが、マスターに似合わないと笑われた上に、客からは陰気に聞こえると言われた。

「じゃあ、今日は俺でどうぞ」

「……失礼します」

なんだかよくわからないが、自分のペースに巻き込むのがうまい人だ。

「バレンタインに行っても隼人がいなかったら寂しいから、週末、休みのときは電話して。

他に、旅行に行こうかなと思うときとか、愚痴りたいときとか、そこに電話をかけてくれれば二十四時間応対する」

「愚痴を聞くのは俺の職業ですよ」

「プライベートだろ？　他に飯が一人のときとか」

「県外からですか？」

ようやく一言言い返すと、京介は楽しそうに笑った。

「隼人と飯なら行ってもいいよ。和食と洋食、どっちが好き？　タイ料理とかイケるほう？」

「あのですねえ、そういう……」

京介の甘い軽口に思い当たることがあった。

「そういうこと、誰にでも言うんですか？」

「言わないよ」

嘘だな、と思いながら隼人は京介を眺めた。これが悪い噂の原因だ。京介は本当にただ優しくて社交的なのだ。好みは大和のようだが、許容範囲に入れば誰にでも親しく優しくしてこんな甘い言葉を吐く。

「誤解されますよ？」

「どういう誤解を？」

たぶんこういうところもだ。優しくされたい人間が、こんなふうに京介からあけすけに誘われたら、自分に興味を持ってくれたのだと勘違いしてしまいそうだ。

思い上がった恥ずかしい言葉だと思ったが、違うとわかっているから口にできる。

「京介さんが俺に気があるって誤解です」

京介と喋っているとだんだんそんな気がしてくる。この会話の延長で、京介に困りごとの相談なんかされたらうっかりお金を貸してしまいそうだ。《どんなにかわいそうだと思っても金は出すな》とバレンタインで禁止されているから隼人は出さないが、客だったらわからない。

「あながち間違いじゃない、かな。大和くんがいなかったらたぶん、隼人を好きになってたかも」

明るく言われてふと、ふわふわと浮き上がりかけていた心が冷えて落ちた。

「光栄ですね」

思わず声のトーンが沈んでしまった。発した自分でないとわからないくらいの微かなものだが、隼人の心は間違いなく濁る。もともと京介は大和が好きだ。それにもし京介に好かれても、自分は京介に返せる心がない。感謝とか親しさは覚えるけれど、恋愛に発展するはずがない。それを欲しがるのはさすがに意味のない愛情をねだるようなものだ。

ふっと訪れた空白をうまく捌《さば》けない。バーテンダーとしてあるまじきことだった。こういうとき、夜の話題ならいくつでも持ち出せるが、朝、誰かのために飲み物を作るのは大和以外は初めてだ。困ったら天気か気温の話で切り抜けるのはカウンター業の基本だ。だが昨夜は曇《くも》っていたか星が出ていたかも覚えていないし、この部屋は空調が効いていて、窓は縦型のブラインドで、外が明るいことしかわからない。話題を振ったのは京介の方だった。

「そういえば、大和くんは本当に大丈夫なのか？　っていうか、俺は昨夜の経緯がぜんぜんわからないんだけど」

「あ、ああ、そうですね、すみません」

彼は襲われた自分を助けてくれたところからしか知らない。その他には大和がいなくなった。だが無事らしいという情報だけだ。ほとんど癖で、汚れてもいないテーブルをクロスで撫でて隼人は切り出した。

「大和が店でちょっと口論になって飛び出してしまいました。アイツ、けっこうカッとすると無茶なことばかりするんで、すぐに追いかけたんですけど見つからなくて」

「大和くん、そういうタイプなのか？」

「キレたりはしないんですけど、性格がはっきりしてるので、たまに口論になるくらいは」

思わず少し庇《かば》ってしまった。本当はけっこうキレやすく、性格ははっきりしていると言うより「激しい」の部類だ。だから塾などに行かなくても自力で勉強できるほどの根性があったわけだし、大和の激しい気性は欠点でもあるが、彼の原動力であり美点でもあると思っている。

「なるほど。それであんなところに。……無茶だなあ」

とため息をついて京介はお茶をすする。

「すみません」

「放っておいていいのか？」

「はい。カッとしたときだけ何をするかわからなくて怖いんですけど、ちょっと頭が冷えれば大丈夫だと思います」

「ああ、何か、わかるような気がする。隼人と違って視線が速いっていうか、きついっていうか？」

「そうですか？」

「活発に見えたけど、言われてみればそんな感じもするね」

「すみません、いいヤツなんですが、怒った瞬間だけ激しいんです。暴れたり暴力ふるったりはしません」

「隼人は大和くんが可愛いんだ？」

意味ありげに聞かれて、隼人は京介を見る。

「可愛いもなにも、兄弟ですから」

手がかかろうが心配だろうが、この世で二人きり、血の繫がった兄弟だ。

熱そうに湯のみをすすっていた京介は、考えごとをしているようにぼんやり湯のみの水面を見ている。

「スプーンで梅干しを潰《つぶ》してもいいですよ。お取りしましょうか？」

「いやもうちょっとあとでいい。それにしたって大和くんを捜すためとはいえ、隼人もあんなところに一人で行くなんて危ないよ」

「はい。普段はあんなことしません」

危険とわかっている時間帯に、一人で、連れがいないのも見え見えで、あちこちの店をふらふら覗き回っていたら襲ってくれと言っているようなものだ。あの辺りで徒党を組んでぶらついているような人間は、金を取らなければ強盗が成立しにくいことを知っている。男同士でレイプを訴えるのが難しいのは隼人も知っているし、訴えられるのを避けるため、写真を撮られたり無理やりに合意させられたりするのもわかっている。こちらの落ち度だ。でもあのときは仕方がなかった。

「だったらいいけど。大和くんとの口論は収まったのか？」

目についた箸置きの上にティースプーンを乗せながら答える。

「まあ……、そうですね。言ってもどうしようもないことに、大和が一方的に文句を言っただけですから」

マスターに片想いをしていることをとっさに隠してしまったことに、隼人は気がついた。打ち明ける絶好の機会ではないだろうか。大和のためのふりを装いながら、でも打ち明けたら、きっと京介ががっかりする――。

「そっか。苦労をするな。お兄ちゃん」

気の毒そうに言われて、やばいと思った。言い損ねてしまう。

「……みんなに言われます」

隼人が作り慣れた苦笑いを返すと、不意に真面目な顔で京介が隼人を見た。

「なのに隼人は一人なのか」

「なんでそんなことを？　恋人がいるかもしれないじゃないですか」

図星だし、大和のことで苦労をしているとは話したが、自分のことは話していない。今も店では《隼人ほんとは彼氏いるんだろ？》とよく訊かれる。すまして答える隼人に、京介は真面目に答えた。

「恋人がいるような男は、冗談でも抱かれるなんて言わないだろう？」

かあ、と思わず頬が熱くなった。

――俺を大和の代わりにしていいよ。

今頃急に、というか何で昨夜のことを忘れて、京介の前でこんなに平気な顔をしていたのだろう。

酔っていたという免罪符があった。確かにそんなことを言った記憶はあるが、京介の口で繰り返されると、恥ずかしいというより最早衝撃だ。

「いや……あ……。すみ、ま……っ……。う……」

口許を手のひらで覆う。言い訳をすれば墓穴を掘りそうだ。謝る言葉もうまく出ない。普段、マスターからは《隼人はあまり感情が顔に出ないタイプだな》と言われてそこそこに自信があったが、だからこそこの状態に慌てる。

すみません、とか、酔ってました、とか、口の中で練習して声にしようとするが、言いつくろおうとする端から口の中で言葉がグダグダに崩れて、諦めるしかなかった。

「……そうですね。フリーです。すみません。見栄《みえ》張りました」

誤魔化そうとすればするほどドツボに嵌《は》まりそうだ。さっさと白状したほうがいい。顔が赤いのを自覚しながら、口許を抑えた手を離せない隼人に、京介は笑いながら隼人にマイクを向けるようなジェスチャーをした。

「それで男性はどうですか？」

「お断わりします」

勧誘風に言われて厳しく断わると、どちらからともなく笑い出してしまった。ほんとに京介は人の気持ちを楽にするのが得意そうないい人だ。

まだ信用できたわけではないが、大和の恋人がこういう人なら安心できる気がする。少なくともマスターに叶わない片想いをし続けるより幸せになれそうだ。

「いやしかし、これ、面白い味だね。懐かしいっていうか、新しいっていうか」

隼人の恥ずかしさをあまり追い回さずに、京介はそんなことを言って湯のみにまた口をつけている。

もしも、大和が京介と付き合うことになったら、京介とのこんな時間も大和のものになってしまうんだろうな、と思うと少しだけ寂しい。京介は大和の好みではないから、今のところそんな心配は無用だが――。

「……」

心配？ と隼人は自分の思考を問い質《ただ》した。彼と恋愛するつもりもないくせに、一体何の心配なのだ。

立ち止まる思考に隼人が瞬きをしていると、視界の中で京介がスプーンに手を伸ばした。湯のみの中の梅干しを崩しているらしい。

「これ、何のお茶？ 梅干しとか、うちにあったっけ？」

「ほうじ茶です。この缶に入ってた」

「そっか。たしか施主さんからのお歳暮に貰って一回飲んだかな……」

お茶も梅干しも賞味期限が長いから大丈夫だとは思うが、案外食糧事情については適当なんだなと思うと、話のネタができそうだと思ってしまうのは、職業病だろうか。

†　†　†

相変わらず京介《きょうすけ》は週末にバレンタインにやってくる。いくら弟とはいえ客のプライバシーを話さないくらいの良識はあるのだが、そろそろ気まずくなってきた。大和《やまと》がいつもやってくるのは金曜日ではないと教えてやったほうがいいかもしれない。

しかし、京介が悪い人ではないとわかった今も、大和に彼を紹介して付き合えと勧めるかどうかは別の話だ。

「そろそろ帰る。明日は楽しみにしてるよ」

カウンター席を立ちながら、京介は隼人《はやと》に笑いかけてきた。いつもより早めの時間だ。理由は知っていた。

「過剰《かじょう》な期待はしないでくださいね？」

隼人は少し気後れしつつ京介に念を押した。

「そこそこなら十分だよ。出張先の昼飯って、ハズレが怖くてどうしてもチェーン店に入っちゃうだろ？」

今日、京介は市内にクライアントとの打ち合わせに来ているということだ。明日もう一度打ち合わせがあって、午前中には終わるから、ランチのいい店を教えてほしいと言われた。

気取らないイタリアンの店と、地元の魚を使った安い天ぷら屋を提案すると、京介は天ぷら屋がいいと言う。隼人がよく行く店だ。白身の魚と旬の野菜。エビ天と赤だし味噌汁。蘊《うん》蓄《ちく》などはまったくなく、奥で大将がどんどん天ぷらを上げて、上がったものから出される天ぷら定食は千円弱のお値段だ。季節のものと地元のものだ。高級感はないのだが、確実に値段以上の満足は得られるお気に入りの店だった。

紹介すると京介は喜んでくれた。

――昼……いや、ええと十二時半に駅前で待ちあわせでいい？

訊《き》かれて思わず、は？　と真顔で問い返してしまった。

――昼頃、いるだろ？　朝が遅いならもう少し時間を下げてもいいけど。

はじめから自分を誘うつもりだったらしい。行けないと、隼人が断ると、

――こないだのお詫《わ》びっていうのはどうかな。

と京介が言う。

昼食くらい、付き合えと言われればかまわないが、お詫びというならもっとちゃんとした高い店のほうがいい。

そう申し出たが《昼からあんまり重いものって疲れない？》と京介が言った。確かにそうは思うし、夕食に付き合うとなると、店休日のみになる。

昼なら起きているし、天ぷら屋は路地を入ったところで、あまり大きな看板も出していな

い。はじめて行くとちょっとわかりにくい――。道案内を兼ねて付き合うことにした。お詫びの飯は改めて誘おう。

「じゃあ、十二時半に駅前で」

と言って京介は席を立つ。

あっさりとバイトのいるレジで支払いをして店を出た。

「なんか、いい雰囲気っすね、隼人さん」

バイトに来ている眼鏡《めがね》をかけた大学生が、グラスの縁に塩をつけながらこちらに視線を寄越す。

「馬鹿。こないだ大和を捜すのを手伝ってもらったって言っただろ？　義理だよ、義理。本当に世話になったんだ」

「誘い出される隼人は、俺もはじめて見るな。こないだは泊まりだったらしいし」

「マジですか⁉　マスター！　隼人さん、あの人に初物あげちゃったんですか？」

「あげてねえよ。マスターまでやめてください。泊めてもらいましたけど、経緯は話したでしょう？」

バレンタインの従業員は珍しい話題に食いつきがいい。今まで他人の恋愛に、高みの見物を決め込んでいた隼人に男性の恋人ができたとなるとこうなるのもわかっている。

バイトくんの顔は不服そうだ。

「えー。でも俺なら危ないところを助けられて、かっこいいマンションで保護されたら、速攻その晩に落ちますね」

落ちかけたとは誰にも言えなかった。しかしあれは混乱から来る自暴自棄と酒の上での失態だ。隼人はぶっきらぼうに言い返した。

「そういうんじゃないから。個人的に世話になった人にお礼をするのは当然だろ。大和だけじゃなく、俺も迷惑をかけたわけだし、それにお礼って言ってもただの昼間の飯だし。天ぷら屋だよ？」

あそこで京介が来てくれなかったら、今頃自分は店で呑気《のんき》に働いていられなかった。酒を飲まされて倒れそうだったところを介抱してもらって、ベッドとバスルームを借りた。下心などなくても食事くらいのお礼は当然だ。しかも昼間の定食屋だ。安すぎて不本意なくらいだ。

「隼人さん、欲がないですよねー。羨《うらや》ましいくらいの優良物件じゃないですか。俺だったら飯をきっかけに色々話して、とりあえず付き合いますけどね。顔イイし、身体《からだ》もイイし、手に職持ちでしょ？」

「お客さんのことをそんなふうに言わないの」

バイトくんを窘《たしな》めていると、向こうで煙草《たばこ》を吸いながら新聞を捲《めく》っていたマスターが男前の横顔を見せながら言った。

「やっとお前が使えるようになったんだ。嫁入《よめい》りは最低でも半年待ってくれ」

「あのですねえ」

本人を無視してどれだけ話が進んでいるんだ。と呆《あき》れてしまうが、もともとバレンタインはマスターから従業員まで、他人の恋愛と幸せが大好きだ。


天ぷら屋はカウンターが十二席、テーブル席三席の小ぢんまりとした店だ。だがだいたいいつも満席で、今日も店の前で十分くらい待たされた。昼時だからスーツ姿が多い。店内に案内され、隼人たちは衝立《ついたて》で仕切られただけの畳《たたみ》のテーブル席に通された。

メニューの冊子はあるが選択肢はあまりない。天ぷら定食松と梅、とんかつ定食と親子丼、あとは単品、飲み物といった感じだ。

今日の「お任せ天ぷら定食」は、若竹の子の天ぷらとオクラ、白身は鱚《きす》。甘くて半透明な新玉ねぎに海老《えび》だ。これに赤だし、ひとくちサイズの冷《ひ》や奴《やっこ》、お新香で千円を切る。京介は《エビ天特盛り定食》だ。これでも千三百円だった。

「双子《ふたご》ってどんな感じ？　そうしてると」

と言って箸《はし》を握ったまま京介は堪《こら》えきれないようにして笑った。ジャケットは着ていたが、中味はラフなシャツだ。

「――大和くんとほんとによく似てる」

出勤前だから髪を掻《か》き上げていない。店の近くのサロンに行くとバーテンダー、ギャルソン用の、掻き上げても下ろしてもいい髪型というのにしてくれて、隼人も漏《も》れなくそれだ。長くもなく短くもなくけっこう具合がいい。みんな同じようになるのかと言えば、髪質と顔の輪郭でまったく違うように見えるという優れものだ。

「まあほとんど顔は同じですからね。見分けられる京介さんのほうが珍しいです」

さくさくの鱚天を呑み込んだあと隼人は答えた。

「姿形が似てるのもあるんですけど、やることが同じというか」

「例えば？」

「新規の飯屋に飛び込んで、帰ってみると大和が新しい店に行ったって言うんです。時間差で同じ日に、同じ店。別に開店とかじゃなくて」

「すごい」

「あと、去年、俺、財布を買ったんですよ。二月の終わりとか変なときに、デパートのワゴンセールで山盛りになってるヤツの中から」

タイムサービスでダンボール箱からどんどんワゴンに注がれていく、箱もない、売れ残りの春財布だ。

「で、大和がキッチンで俺の財布触ってて……と思ったら大和の財布なんですよね」

「まったく同じなの？」

「ええ。同じメーカーの同じ財布」

まだ正月などの、みんなが一斉に春財布を買う特殊な時期ならわかるが、季節外れのワゴンセールだ。

「最近は大和がリーマンで革靴《かわぐつ》だからそうでもないですけど、学生の頃は靴もよく被《かぶ》ってたし、急に気が向いて携帯の機種変したら大和も同じ携帯持って帰るし」

「ほとんどオカルトの域じゃないか？」

「でもほんと、そうなんです。俺たちが一番びっくりする」

携帯や財布を変えることを少しも臭わせていないのは互いが一番よく知っている。何となくふと気が向いて、たまたま物を求めると同じものを大和が手に入れることがこれまで数えきれないほどあった。

「熱を出すタイミングも同じだし、大和が大学のサークルで左足を折ったとき、俺の左足が突然攣《つ》りはじめて立てなくなって、なんだろうと思ってたら大和から足を折ったって電話がかかってくるし」

「凄《すさ》まじいな。テレビか何かに応募してみたら？」

「たぶんそういう話、ゴロゴロしてると思います」

店の常連の中にも双子がいて、やはり同じようなことを言っていたから、驚く現象ではあるだろうが、その中では普通くらいだろうと隼人は思っている。

「それなら大和くんは今無事なんだろうな。まだ帰ってこないのか？」

問いかけられて、隼人は答えた。

「まだです。連絡は来てて、元気でやってるみたいですけど」

メッセンジャーを送ると気まぐれに返事が返ってくる。会社からの緊急連絡先は隼人になっているから、連絡がないということはちゃんと出勤しているのだろう。隼人がいない時間を見計らって帰宅した形跡もある。マスターには直接電話があって、この間の暴言を謝ったそうだ。

「双子なのに、仲が悪いの？」

「仲は悪くないと思うんですが、……うち親がいないんですよね」

客を相手に何を喋《しゃべ》っているんだと思ったが、今どき、びっくりするほど悲劇的なことでもない。

「中学生のときに両親が離婚して両方出ていって。大和と二人暮らしになりました。生活費はそこそこ貰《もら》えてて、うちが大和の友だちの溜《た》まり場になったり、夜遊びでちょっと大変だったこともあったけど、学校も希望のところに行けて」

大和は、学生の頃は夜中に遊び回って、補導されたこともあったが、人を傷つけたり弁償するようなことは起こさなかった。交番に大和を迎えに行って、親が迎えに来ないことを警官に納得してもらうのが一番困難と言えば困難だったか。

「そう。苦労したんだな」

「いえ、苦労というほどでは。だから、反抗期に反抗する相手が俺しかいなくって、そのへんからかなあ……、ちょっとうるさく思われはじめたの。アニキだから仕方がないけど」

今はわざと擦《す》れ違われている生活だが、学生の頃まではそれなりに仲がよかった。一緒に食事を作ったり、テレビを一緒に観たり映画を勧めあったり、休みに買い物に行ったり普通の家族のように助け合って過ごしてきた。

顔立ちは同じでも大和と自分は性格が違う。明るくおおざっぱで努力家の大和と、真面目《まじめ》で慎重で掃除が好きな自分。無鉄砲なときがある大和を引き止めたり、リスクを話したり、母親の役目はどうしたって自分にやってくる。

「それに大和の機嫌は波があって、今はちょっとひねくれているだけで、そのうちまたけろっとして帰ってくると思います。前も何度かこういうことがあって、俺も慣れっこになってるんです。家出って言っても、大和ももう大人ですしね」

そう言って赤だしをすする。

この間のようにカッとしたときは別だが、普段は大和もけっこう周到だ。隼人が長々と大和に怒らないことを見越して、ほとぼりが冷めた頃に何食わぬ顔をして帰ってくるだろう。

「なあ、隼人」

「はい」

「隼人のことは誰が心配してくれるんだ？」

「え？」

「大和くんのことは隼人が心配してる。でも隼人のことは？　こないだのことのあと、誰かが隼人を守ってくれるようになった？」

深刻そうに尋ねられて、隼人は「ああ」と言って笑った。

「マスターが心配してくれてます。バイトくんたちからは《隼人くん酒弱いですもんねー》とかからかわれちゃって……」

「いや、そういう誰もが普通に心配する感じじゃなくて、隼人を最後まで見てるっていうか、特別な感じにしている人だよ」

質問の意味をよく説明されて、隼人は京介の言いたいことを理解した。隼人が危ない目に遭ったとき必死で捜してくれる人のことだ。みんなと笑顔で別れたあとに、涙を零《こぼ》す隼人を捜して慰めてくれる人のようなことを指しているのだろう。残念だが、そんな親や恋人のような人は隼人にはいない。でもそんなものがなくても生きていけるのは、これまでの人生でわかっている。言いたいことがあれば人に伝える。伝えられなかったら自分のせいだ。たとえ一人で泣くことになっても自業自得《じごうじとく》だ。仕方がない。

「特別じゃないけど、マスターはほんとに何でも親身に相談に乗ってくれるんです。あんなことはもうしませんし。大和もよく叱《しか》っておきます。京介さんにもご迷惑をおかけしてすみませんでした」

「そうじゃなくってなあ」

と言って京介は唸《うな》りながら、ぱりぱりと音を立てて海老のしっぽを食べた。なんだろうと思って京介を見ているが、京介は黙っている。しばらくそのまま考えるようにしていて、京介は視線を上げた。

「隼人は、店休以外に休みないの？」

「基本水曜……」

答えかけて、まずいと思った。

バレンタインの従業員を目当てに通ってくるのは、ほとんどがマスター狙いだが、なるべくそれで売り上げが上下しないよう、できるだけ言わないようにと、やんわりした箝口令《かんこうれい》が敷かれている。隼人たちも同じだ。店員につく客も確かにいるから、それを客に知られてしまうと、客にとっても完全にバレンタインに来ない一日ができてしまう。

「じゃあ、水曜日の夜に飯食おう。来週は大丈夫？　家呑みでもいいけど」

「いえ、確かに京介さんの部屋かっこよかったけど、それはあんまり……」

「おっと。じゃあ決まり。あの部屋、俺が内装設計したんだ。っていうかさせられたっていうか。迎えに来ていい？」

「県外からですか？」

「五十分だよ」

そういえば助けてもらったとき、タクシーに乗ったのも一時間弱だったと記憶している。ドライブにはちょうどいい距離だが、自分の送り迎えだと思うと遠すぎる距離だ。

「そういうのは、あの、京介さんの仕事に差し支えますし」

「そうだな、隼人が来てくれるのが一番早いけど」

「いや、あの……その」

どう断わったものかと考えていると京介が言った。

「こないだの宿泊代。俺専用のバーテンダーってアリかな？　家によくわかんないリキュールがいくつかあるんだ。英語じゃない原語のラベルの青い液体はちょっと呑むのに勇気がいる」

たぶんボルスブルーだろうと想像する。土産物《みやげもの》の定番で、味はかき氷のブルーハワイに似ている。癖《くせ》が少なく色がきれいで使い勝手のいいリキュールだが、確かに何を書いているかわからない青い液体を呑むのはためらうかもしれない。

「リキュールって、たまに土産や差し入れで貰うんだけど、どうやって飲んでいいかわからないのが多くてね」

それならこの間言ってくれればよかったのに、と思ったが、今のところはどうしようもない。

「悪いことはしないからさ」

少しタレぎみの目で笑いかけられると、隼人は、やっぱりこの人誤解されると思う、と思う。

それに「悪いこと」って、具体的には何をするつもりなのだろうとか、変な期待まじりの憶測が脳裏《のうり》を過《よぎ》ってしまうからやっぱり京介のペースに巻き込まれているのだろうと思う。

隼人は、大和のSNSのURLを知っている。食べものの写真と、出先の駅の写真をよく掲載している。

SNSを見たほうが大和のことがよくわかるなんてと複雑な気持ちもあるが、少しでも大和の行動を把握できるから助かっていた。

一昨日《おととい》は岩手に出張だったらしい。《岩手って何がおいしい?》との問いかけに、十人くらいのユーザーがそれぞれ《きりたんぽ》と答えていて、大和が《定番以外》と切り返している。前沢牛《まえさわぎゅう》が旨《うま》いと言うコメントに、いいね、と答えていた。

飛び出したときの心配がまったく無駄に思えるくらい大和は元気だ。友人のアイコンを見ると同僚っぽい人もちらほら見えるが、自分の知らない友人も多いらしい。

そろそろ「こないだはすんません」と頭を掻きながら、バレンタインにも顔を出す頃だろうか。そんなことを考えながら、カウンターで銀のシェイカーを磨いて組み立てていると来客があった。

「……京介さん」

火曜日の夜なのだが、何か間違えたのだろうかと思って隼人はカレンダーを振り返った。

間違いなく水曜と伝えたはずだ。察したらしい京介が笑ってこっちに歩いてきた。

「いや、合ってる合ってる。明日の朝移動か、今夜移動かって話でさ」

「ついでに遊びに来てくれたんですか？　でもホテル代がかかるでしょう」

「すごい安いところ見つけたから大丈夫。その代わり、ヤバいくらい古いけど」

京介は隼人の前の椅子《いす》に陣取った。隼人はウォーマーの中から温かいおしぼりを取り出し、広げて京介に差し出した。

「あんなきれいな部屋に住んでるのに、ボロいところは平気なんですか？」

「インドで貧乏旅行ができるタイプだよ」

「インドに行ったことがあるんですか？」

インド旅行の観光旅行とバックパッカーにはものすごい落差があるので有名だ。観光ルートやツアー提携ホテルは豪華で美しいが、一般の安いホテルや飲食店はかなりな覚悟がいると聞く。

「ああ。学生のときだけどね」

と答えて「アフターディナーを」と言う。

「オレンジは大丈夫ですか？」

「うん」

と言うのを聞いてからマスターにオーダーを回す。

京介の前に戻って、隼人は尋ねた。

「京介さんは、旅行が好きなんですか？」

「旅行好きってほどではないけど、暇ができると出かけたくなるな。近くても遠くてもかまわない方だ。隼人は？」

「……僕は」

何となくこの間から、暗いことばかり喋るはめになっている気がする。ほとんど旅行に行ったことがないと、どんな言葉を選べば重苦しくなく伝えられるだろうと迷っているときまた来店があった。

とりあえず時間を稼《かせ》ごうとそちらに気を取られたふりをした。

「いらっしゃいませ」

声を出してそちらを見る。

「……ちわす」

ふざけた笑顔で入ってきたのは大和だ。いつもの調子でうやむやにする気満々のようだった。

「ダイキリひとつ。隼人が作ったのでいいよ」

隼人に言いつけて、大和はマスターの前に向かった。

「大和」

「マスター、こないだはすみませんでした。反省しました」

カウンターから身を乗り出し、向こうの方にいるマスターにぺこりと頭を下げる。大和の手管というのはこうしてはじめにぱっと短く謝っておいて、あとでじわじわ反省の言葉を重ねていく。うまい方法だ。だが何度も重なるとあざとさだけが目に入る。

大和は、京介と三つ席を空《あ》けた席に座った。取り出したおしぼりを渡す前に隼人は言った。

「大和、あのな。今晩は話がある。頼むから家に帰ってこい」

今日の大和はスーツではなかった。着替えはどこに置いているのか、どこで寝泊まりしているのか。友人の家を泊まり歩くにしても長すぎる。

「話ならここで。説教なら一言で頼む。それ以外は聞かない」

「いいから、今夜は家に帰ってこい」

「帰ってるよ。会わなかったけど、俺の服洗濯してくれてたじゃん」

「話を聞きたいって言ってるんだ」

知らん顔を通す気のような大和を叱りつけたくなるが、店だから極力声を抑える。

「嫌だね。どうせお説教だろ？　マスターにわがまま言うなとか、毎日家に帰ってこいとか。言われなくてもわかってるよ。もうしないって、反省したし」

「わかってるなら何でそうしないんだ」

自分だって、こんな歳になって子どものように大和を叱りたくない。何度も同じことだって言いたくない。

大和はカウンターに肘《ひじ》をついて、うんざりした顔で隼人を見ながらため息をついた。

「ホント、隼人はさ、俺の顔を見たら説教しかしない。そんなにアンタ、偉《えら》いの？」

「そうじゃない。大和がちゃんとしないからだろ？」

難しいことは何一つ言っていないはずだ。用事がないときは家に帰って眠れ、無駄な外泊を続けるな、自棄《やけ》を起こして無茶をするな。大和が遊ぶことを咎《とが》めたことはない。マスターに言い寄っていたのを叱ったのも、マスターに迷惑がかかる限度を超えたからだ。

「うるさいな。隼人は黙ってろよ」

「大和」

大和の機嫌がみるみる悪くなるが、ここで逃したらまた振り出した。

「とにかく帰ってこい。ここではもう何も言わないから」

「帰りたくないって言ってるだろ？」

「大和くん」

余計帰らなくなりそうな大和の返答に隼人が焦っていると、遠慮がちに京介が口を挟んできた。

「ちゃんとしてるって言うなら、隼人にあんまり心配かけるのってどうだろう」

大和が怪訝《けげん》な顔で京介を見た。

「何だよ。家《うち》のことに口挟むなよ」

不機嫌さを隠さない大和に、京介は動じない。

「こないだだって、大和くんを捜しに行って、隼人は酷《ひど》い目に遭ったんだぞ？」

「そんなの知らねえよ」

「いいんです、京介さん」

不機嫌な大和は誰にでも噛《か》みつく。それに大和を捜して自分が酷い目に遭ったことが大和に知れてしまうと、大和は余計に帰ってこなくなる。

京介と大和を代わる代わる見ながら、剣呑な声で大和は訊いた。

「なに？　知り合いなの？　この人前に、俺にしつこく話しかけてた人だろ？　それがなんで隼人の肩持つの？」

「大和、いい加減にしろ」

見かねて隼人は大和を叱った。また逃げられると思ったから、隼人のほうからカウンターを出て大和の腕を引いた。

「何すんだよ、隼人！」

「いいから来い！」

表から店を出る。店の裏口に続く路地に、大和を引き込んだ。逃げられないよう隼人が路地を塞《ふさ》ぐ位置に立つ。白く光る誘蛾灯《ゆうがとう》が頭上で焦げた音を立てていた。

「大和。お前の生活に口を出す気はないけど、こんなに外泊続けるっておかしいだろ？　わかんないのかよ。何がそんなに嫌なんだ⁉」

「隼人には関係ないだろ？　ちゃんと会社には行ってるし、やばいところで遊んでるわけじゃない。口座にはちゃんと生活費だって入れてる！」

隼人の名義の預金通帳から光熱費や二人で使うものの代金が引き落とされることになっている。ほとんど家に帰らないときも大和は入金の決まりを守っていた。

「お金の問題じゃない。社会人としてその生活態度はどうなんだって言ってるんだ」

「オヤみたいなこと言うなよ。隼人に迷惑かけてねえだろ？　ほっとけよ、俺はちゃんとうまくやってる」

「こんな状態がうまく行ってるわけないだろ！」

泊まり歩いて、家にもろくに帰らない。会社でどんな顔をしているかはわからないが、こんなの絶対普通じゃない。最早家族の生活でもない。

「何が気に入らないんだ。何でもお前の自由にさせてるだろ⁉」

家事はほとんど隼人が負担している。大和が食べたいものばかりを作っているつもりだ。大和の友だちが遊びに来れば、極力出かけるか部屋で眠ったりしているし、大和がだらしない生活をしていてもうるさく叱ったことはない。二人きりになったときから、兄として大和が泣かないように、恥ずかしい思いをしないように、必死で大和のためになることばかりを選んできたつもりだ。

大和は急に冷めたような目で隼人を見た。

「……そういうところだよ」

「大和……？」

「隼人は、俺がいたら何でも俺の希望どおりにする。そういうのがめんどくさくなったんだ。俺を嫌いにならないかなと思って嘘《うそ》をついて嫌なこと言っても、アンタは絶対それを叶《かな》える。重いんだよ！」

酷いことを言われたが、隼人も薄々感じていた。寂しさが大和にわがままを言わせる。わかっているから我慢できた。わかってやれるのは自分だけだと思っていたから。

「でも俺は大和がしたいって言ったこと……」

「双子なんだから隼人も好きに生きろよ。俺ばっかり隼人に迷惑かけてるみたいでやってらんねえんだよ！」

「迷惑だなんて思ったことない！」

本心からそう誓える。大変だったり悩んだり、苦しい思いはしたが、本当に一度だって、大和がいてくれたから自分は頑張れたと思うことはあっても、大和の存在が迷惑だと思ったことはない。

大和は寂しそうな顔をしたあと、ゆっくり顔を歪《ゆが》めた。

「そうして全部俺に譲って、でも隼人ばっかりいいことあってさ」

「わからない、大和」

「隼人はズルイよ。マスターに可愛《かわい》がられてるのも、みんなに助けの手を差し伸べられてるのも、俺に言い寄ってた人も、結局全部、隼人のものになるんじゃないか」

「そんなことない」

先ほどから大和に何を言われているか、隼人にはわからなかった。夢だろうかと思うほど大和は嘘ばかりをつく。大和が迷惑だと思ったことはないし、みんなに可愛がられるのは大和だ。ひとつしかないいいものを、確実に手に入れてきたのだってずっと大和の方だった。

「違うだろ、大和。みんなに可愛がられて、許されるのは大和の方だ。同じ環境なのに、いい大学に行ったのも、いい就職をしたのも大和だ。給料だって比べものにならないだろ⁉」

——会社員様はボーナスがあるから。ちょっと口座に入れといた。使っていいよ。

何気ない会話の間にそんなことを言われて、「ありがとう会社員様」と笑って過ごして、通帳を見て驚いた。覗いてしまった置きっぱなしの給与明細を見るかぎり、ボーナスほぼ全額だ。「大和が働いた金だろ」と言ったら「じゃあ来月からしばらくは生活費入れない」と言っていたが普通どおり振り込まれていた。大和の好意は嬉しかったがそこでも差を感じた。隼人の給料は、苦しくはないが生活費を入れたら余裕はない程度だ。ボーナスは隼人の半年分の金額にも及ぶ。企業勤めと飲食店勤務。安定の度合いはしかたがないと諦めているし、大和の努力も知っている。でも兄なのにコンプレックスで一杯だった。小さい頃からおいしいところは全部大和が持っていく。ずるいと言われる理由がわからない。

「実直な隼人にはわかんねえよ。俺はいつも余計なことしか言わないし、気が利いたことしたつもりで迷惑なことしかやってない。隼人はじっと我慢して、最終的に俺よりいつもうまくやる」

「そんなわけないだろ。地味なだけだ」

「それが羨ましいのが何でわかんないんだ！」

自嘲《じちょう》にも似た言い分を吐くと、いきなり大和に怒鳴られた。

「……大和……？」

大和は少しぼんやりした表情のあと、じっと隼人を見た。隼人が息を呑んで大和を見ていると、大和はやがてゆるやかに、歪んだ笑みを浮かべた。

「俺はね、子どもの頃からお調子者で黒歴史だらけなんだよ。父さんや母さんのことだって、俺が」

大和はそう言って泣きそうな顔をした。

しばらくの沈黙のあと絞り出すように続ける。

「俺が父さんに余計なこと言わなかったら、父さんたちは離婚なんてしなかった」

「大和……？」

何のことだか隼人にはわからない。なぜ、大和の素行と父母が関係あるのか。大和は父に、何を言ったのか――。

「そういうことだ。全部俺のせいなのに、隼人が俺のために苦労することなんかない」

「……わかんない、大和」

本当に、今目の前で大和が言う、何の一言も隼人には理解できない。

「大和」

助けてくれと縋《すが》りたい気持ちで大和を見る隼人に、大和は苦笑いを浮かべて手を上げた。

「バイバイ、隼人。実はもうウィークリーマンション借りて、そこで暮らしてる」

「いきなりわかんねえよ。何でそんな勝手なこと」

横をすり抜けようとする大和に、隼人は慌てて縋りついた。激しく振り払われた。力と裏腹に大和の表情は穏やかだった。

そんなふうに手を振られたってどこへ行くと言うのか、ウィークリーマンションとは？

「いいだろ？　もう大人なんだ」

「大和……？　何を……。大和」

「身体に気をつけろよ？　落ち着いたらまた連絡する」

わからないことだらけだが、大和が自分を離れようとしていることだけはわかる。しかも数日という単位ではなく、隼人の意思では会えない場所へ。

「そんな、勝手な。どこに住んでるかくらい教えろよ！」

「教えたら意味がないよ」

大和はいつものようにへらへらと、風に吹かれるような笑顔を見せて、数歩隼人から距離を取った。

わかってしまった。大和は本気だ。自分から離れて、一人で暮しはじめる。

「そんなのダメだ、大和！」

手を摑《つか》もうとしたが、大和は軽く避《よ》けた。

「大好きだよ、アニキ」

「大和！」

逃げるように数歩、大和は素早く歩いてこちらを振り向いた。

「――今までごめんな」

そう言って大和はまた身を翻《ひるがえ》した。路地を飛び出し左に曲がったように見える。呆然《ぼうぜん》としたあとすぐに大和を追いかけようとしたが、追いつけないのがわかる距離だった。

「そんな……」

混乱しすぎて父母のことはまだ理解できない。一緒に暮らしてきたのに、全部大和の気に入るようにしてきたつもりだったのに。何が悪かったか、どこへ行くつもりなのか、いつ帰ってくるのか、何を考えているのか、まだ隼人にはわからない。わかるのは今別れたら、大和の気が向くまで大和に会えないということだ。

「大和！　大和ダメだ！」

急に途方もない恐怖感が湧《わ》き出して、隼人は叫んだ。

「大和！」

悲鳴を聞きつけたのか、道路のほうから京介が走ってくる。様子を窺《うかが》っていたのかもしれない。もしもそうなら自分ではなく大和を引き止めてほしい。

「どうした。隼人」

「大和を止めて。追いかけて！」

頼むから彼を止めてくれと京介に頼んだが、どうにもできないのは隼人にもわかっていた。

「大和くんは、どうしたんだ！」

わからないと、泣きながら、隼人はかぶりを振った。

大和のことが何もわからない。隼人にとってわかることはたった一つだ。

「大和がいなくなったら、どうやって生きたらいいかわかんなくなる……！」

ぼんやりした不安も、代わり映えのしない人生も、大和がいたから自分は生きてこられたのに。

店に声をかけ、京介に手伝ってもらって通りの辺りを捜すことにした。公園がある奥のほうへは行っていないだろう。駅まで行ってみたが、大和の姿は見つけられなかった。

バレンタインに戻ると、マスターがブランデー入りの熱い紅茶を淹《い》れてくれる。流した涙と冷や汗を補給するように、熱い紅茶は身体によく沁《し》みた。

「――しばらく様子を見ていいと思う」

マスターの判断はそうだった。

「頭に血が上っているときの大和は何をしでかすかわからんが、そうじゃなかったんだろう？」

問われて、タオルに顔を埋《うず》めたままの隼人は頷《うなず》く。ずっと前から考えていたようだ。ウィークリーマンションを借りたと言っていた。

「今日は帰っていい、隼人」

マスターの言葉に、京介が答えた。

「責任を持って預かります」

そんなことはしなくていいと首を振ったが、上手《じょうず》に断わる気力がない。

部屋まで送ると言われ、着替えをして店を出た。

店を出てもまだ震えは止まらず、何も繕えない。涙だけがぽとぽとと落ちた。ネオンが眩《まぶ》しい飲み屋街を、京介の隣で必死に歩く。駅で別れようと思っていたが、いくらも歩かないうちに何度も歩みが止まり、今度はとうとう歩き出せなくなってしまった。

立ち止まった隼人を京介が振り返る。側まで戻って慰めるような声を出した。

「大和くんと、何があったの」

わからない、とも答えられない。声が出ない。

大和が自分を捨てたこと。大和が今まで隼人の存在を負担に思っていたこと、大和が自分を羨んでいたこと。離婚の理由のひとつが、大和がきっかけだったかもしれないこと。

「どうしよう。駅まで歩けそうにない気がするな。よかったらこっちのホテルに来る？」

問われて隼人は首を横に振った。何を訊かれても答えられないし、本当にどうしていいかわからない。京介に優しくされても今の隼人には何も応えられそうにない。

駅が見えはじめた道の片隅に、どれだけ立ち尽くしたかわからなくなったあと、隼人はようやく一言絞り出した。

「帰ってください……」

彼に気を使う余裕がない。これ以上付き合わせるのも駄目だと思う。

「わかった。おいで」

京介は隼人の手を引いた。首を振って手を引き戻そうとしたけれど、それ以上の抵抗はできなかった。

タクシーに乗り、駅から少し離れたホテルの前で降りる。レトロデザインかと思うくらい古いビジネスホテルで、京介は隼人をロビーに立たせたままフロントに行った。京介はすぐに戻ってくる。

「ツインが空いてた。よかった」

背中を押されてエレベーターに乗る。もうどうすることもできずにされるがままに立っていると、決まりが悪そうな声で京介が言う。

「いつもはもっと用心しないとダメだ。俺はいい人だけど、他の人にはついていかないように」

根拠がない教えだが、その通りだろうとは思う。何となく笑いたいような気分が込みあげるが笑顔にまでは到《いた》らなかった。

部屋を開け、風呂《ふろ》を勧められる。狭いユニットバスだが身体を温めると少し落ち着いた。心は乾いた砂のようなのに、風呂に入ると身体が自動的に髪を洗って歯みがきもする。何のためにと思うが、今まで振り返る余裕もなかった。家事をして働いて、外泊癖のある大和を待つ。五年前も今も、できることはそれだけだ。隼人の生きる意味もそれだけだった。

歯ブラシを咥《くわ》えたまま、湯の中にぽとぽとと涙を落とした。涙が止まらないことが、大和を失ったことを裏付けている気がして絶望が深くなる。

どのくらいそうしていたのか、ぼんやりしているとドアが開いた。

「もう上がろう。のぼせるよ」

バスタオルを渡して、京介はバスルームを出る。ミネラルウォーターを渡され、出ない声の代わりに頭を下げようとすると涙が落ちた。

被るタイプの長い寝間着を着て、窓際のベッドに入れられる。

「入眠剤のようなものは？」

問いかけに隼人は首を横に振って答えた。今あれば楽だろうと思うが、飲んだことがない。

「酒は、少しなら飲んでもいいよ？」

眠るためのアルコールを勧められてまた首を振る。眠りは欲しいが、まだウォッカのときの頭痛が二日酔《ふつかよ》いのトラウマになっていて抜けきれない。飲みたくない。

「……じゃあ、眠るまでついてる」

囁《ささや》いて髪を撫《な》でてくれる京介を見ていると、音を出すために絞ることもできなかった声帯から声が出る。

「大丈夫です」

大和は心配ないだろうし、自分は自殺もしない。どうしていいかわからないだけだ。胸に開いた穴が大きすぎて、どうして埋めればいいか見当もつかない。今までの暮らしは無駄だったのか、迷惑だったのか。言ってくれればよかったのに。どうすれば大和を引き止められたのか。後悔や涙を注ぎ込んでみても、胸の穴から零れるばかりだ。

目許《めもと》を指で拭《ぬぐ》われたとき、誘われるように言葉が漏れる。

「……大和がいないとダメなのは、俺の方だったみたいです」

周りからは、弟の世話を焼く兄だとよく言われたが、現実は逆だ。

「俺は……もともと空《から》っぽで、それを全部、大和で埋めようとしてた。大和にイッパイイッパイだったから俺は寂しくなかったたし、大和のことをずっと考えてたから、誰も好きな人ができなくても平気だった」

大和が自分に甘えて迷惑をかけているとよく言われたけれど、依存していたのは自分の方だ。大和がいなければ何もできない。何をしていいかわからない。

隼人が泣くままに、しばらく髪を撫でていた京介が優しい声で言った。

「俺にしないか。ご覧の通りフリーだし。ゲイだけど」

「やっぱり大和の代わりですか」

苦笑いだったがようやく笑みらしいものを浮かべられた。同情か、今ここだけの慰めかわからないが、京介が好きなのは大和だ。それとも京介は、もう大和が帰ってこないことを知ってしまったから、自分で我慢しようとしているのか。だとすれば応じるのが兄の責任だと思うが、大和はもういなくなってしまった。一人になったのに、何が《兄》で《代わり》だろうか――。

皮肉な隼人の呟《つぶや》きを叱りもせず、穏やかな声で京介は続けた。

「最初は大和くんの華やかなところに惹かれたけど、手を離せないのは隼人の方だ」

「かわいそうっていうことですか?」

ここまで弱っているというのに、心の中の僅《わず》かな力が京介に噛みつこうとする。京介は怒らず隼人の髪を撫で続けた。

「いいから眠りなさい」

「京介さん……」

「隼人が好きだということだよ」

満足に出ない隼人の言葉を止めるように、京介はそう言ったきり、隼人が眠るまで何も言わなかった。


両親が喧嘩《けんか》をしている夢など、何年ぶりだろう。

夢だとわかっているのに身体が竦《すく》む。耳を塞げないことに焦る。刺さるような声でまくし立てる母の声、父の怒鳴り声。

それまで普通の家だったと思っていたのに、突然言い争いが始まって、止めようとすると子どもは向こうに行ってなさいと言って部屋から追い出された。

大和はずっと泣いていて、何とか慰めようとタオルを差し出し、水を差し出し、下手《へた》な料理まで作って大和に尽くし続けた。

——俺が父さんに余計なこと言わなかったら、父さんたちは離婚なんてしなかった。

どういうことだろう。大和が見た何かを、大和は父親に喋った。それが離婚の原因だと大和は言う。

突然の二人暮らしだ。洗濯機やベッド、最低限の家具がそろえられたドールハウスのような部屋に二人で投げ込まれた。怖い夢を見たと言っては二人で眠ったり、雷《かみなり》が鳴って大和の部屋に逃げ込もうとしたら、枕を抱えた大和と廊下でばったり出会って大笑いした。二十歳《はたち》まで家賃は払われ続け、月、通帳に十万振り込まれてくる金をＡＴＭから引き出して大和と暮らした。

心細がる大和を支えて、自然に自分は日陰にいるようになった。「やろう、がんばろう」と言いはじめるのはいつも大和の方だった。あちこち調べて訪ね歩いて具体的な手続きを探し出してくるのも大和だ。それを追いかけて支えてきたから自分は進学や就職を諦めずにすんだ。

常に大和に手を引かれていた。進むことに一生懸命でいろんなものを零す大和の落とし物を拾うのに一生懸命だった。だからずっと大和の影だった。でもそれは大和のせいではない、いつの間にか自分が選んだのだ。

誰も大和と自分を見分けられない。優秀な大和と見分けがつかない。自分は大和のスペアであるような漠然とした不満と不安を抱えながら、本当は心の底で大和と見分けられるのを怖れていたのではないか。見分けられたらみんな、大和を選ぶ。京介だってそうだ。

京介だって、あのとき大和だったから助けに来たのだと——。

——大和くんのお兄ちゃん、ですよね！

自分を助けに来てくれたときの、京介の声が夢の中に響く。

そんな人、今までいなかったよ。

見分けてくれた人も、見分けた上で自分を助けに来てくれた人も、自分がいいと言ってくれる人も。大和と自分を見分けてくれて、隼人に手を伸ばしてくれる人など、今まで一人もいなかった。

「……」

自分が前髪を掻き上げる動きで目が覚めた。

京介が隼人の足元にうつぶせになって眠っている。


目が覚めて部屋の狭さに驚く。

足元に落ちてきそうな位置にテレビがある。身を乗り出せばとどきそうな場所に、鏡のついたサイドボードがあり、ドライヤーと電気ポットが載っている。

隣のベッドに京介が眠っていた。やはり今朝も、昨夜何が起ったか一瞬思い出せなくて、心底焦った。

「――本当に申し訳ありません」

ベッドの上に正座をして、隼人は京介に頭を下げた。

京介に助けられるのは二度目で、保護されるのも二度目で、大和が好きなゲイである京介と同じ寝室に入りながら、指一本触れさせないまま爆睡《ばくすい》してしまったのも二度目だ。

謝るしかないのだが謝りすぎて、京介はすでに相づちすら打ってくれない。

「朝食、ファミレスでいい？」

気怠《けだる》そうにあくびをしながら京介が言う。

「い……いいですけど、すみません」

「あーうん。しかもあんまりゆっくりできそうにないけど、大丈夫かな」

「はい。すみません」

ひたすら恐縮だ。迷惑どころの話ではなかった。今日は京介は午前中からこの付近で仕事があるらしいのを隼人は知っていたのに。

京介は、ホテルのパジャマ姿のままベッドに起き上がって、向かいのベッドに腰《こし》かけている隼人に尋ねた。

「よく眠れた？」

「はい」

泣き疲れて寝返りを打つ力もなかった気がする。あんなに昔の夢を見たのも、気持ちが沈むまま、深い深い場所まで降りてしまったせいだ。

「飯は食えそう？」

問診のようにひとつひとつ優しく問われて、少し恥ずかしくなりながら隼人は頷く。

「……はい。大丈夫です」

大和はもう帰ってこない。

何もわからないところに放り出された気分なのはそのままだが、大和の名を泣き叫んでももう帰ってこないことがわかってしまった。

何もない場所で立ち上がって、何があるのかを見回して、どこへ行くか考えなければならない。今はまだ何も見えないが、泣いても無駄なのは確かなようだ。

京介が確認のように言う。

「大和くんは、ほんとに大丈夫かな」

「……今日、会社から電話がなければ大丈夫だと思います」

たぶん、何事もなかったように大和は出社して、帰ってこないだろう。

「あの部屋を出ていっただけだと思います」

悲しいことだがそれがたぶん現実だ。

じっとしているとまた涙が滲《にじ》みそうになるから、立ち上がって顔を洗いに行った。瞼《まぶた》は腫《は》れているし、目も擦《こす》りすぎて瞼が擦りきれたように赤くひりひりしている。

かわりばんこに洗面所を使って、一旦部屋を出た。朝の道路を歩いてファミリーレストランに入る。

京介は鮭《さけ》の和定食を頼み、隼人は飲み物だけでいいと言ったのだが残したら自分が食べると言って、京介はパンケーキセットを頼んでくれた。

食事をしたあと、コンビニでカップのホットコーヒーを買って帰る。部屋でそれを飲みながら過ごしていると、チェックアウトの時間が迫ってきた。

身支度《みじたく》を整えて、忘れ物がないか確認をした。

「一人で帰したくないが。大丈夫かな」

「ありがとうございます。もう落ち着きました。大丈夫です」

ホテルの前で別れて、隼人は駅へ、京介は仕事に行く。

隼人は深く京介に頭を下げた。

「本当に重ね重ねお世話になりました。また改めてお礼をさせてください。本当に」

菓子折とか軽食ではなく、何かちゃんとしたお礼がしたい。

「とりあえず、今日は無事に隼人が家に帰ってくれたらいいよ。メアドは貰ったし」

と言って京介はスマートフォンを翳《かざ》した。もしも大和から連絡があれば当然京介にも大和の無事を連絡すべきだ。隼人から、連絡用にと尋ねて交換してもらった。

「はい」

ここ何年も、仕事関係以外の友人ができたことがなく、何となく面映ゆいが必要なことだ。お礼の相談はよく考えてから改めて連絡を取ろう。

目の前に立っていた京介が、微笑《ほほえ》んで隼人を見下ろした。隼人の身長は特別低いと感じたことはないが、高いと思ったことはない程度だ。それに比べると京介の身長はけっこう高いと思う。百八十センチ以上はあるのではないか。近くに立つと、やや上目遣いになってしまう。

京介は大きな犬のような人懐っこさと無邪気さを湛《たた》えた笑みで首を傾《かし》げた。

「親愛の証《あかし》として、頰《ほお》にキスをしてもいい？」

頰に息が触れそうな位置で囁く。隼人が許さなければ本当に指一本触れないと言いたげに、数センチ離れた位置から唇《くちびる》を近づけようとしない。隼人は思わず身を固くした。男からキスとはどういうことだろう。だが昨日のこともあるし、親愛の証だと言うし。

「ど、どうぞ」

位置はそのままで、京介が眉《まゆ》を顰《ひそ》める。

「こう身売りのようなのはやめてね？」

「……わかってます」

と答えてぎゅっと目を閉じると、頰に触れるだけのキスをされた。一瞬触れただけで離れた京介がクスクス笑っている。本当に家族が交わすような、親愛というしかないキスだ。

「支払いがあるから先に出るよ」

「本当に……、重ね重ね申し訳ありません」

当然ここは隼人が払うべきなのだが、こんなことになるなんて思っていなかったから、財布の中には五千円札が一枚しか入っていない。そこそこに治安の悪い場所に勤務するから出勤する日は普段から現金もカードも、最低限にしか持ち歩かない主義だ。当面、支払いは京

介に任せるしかなかった。

「せっかくならもっといいホテルに泊まりたかったけど」

後日、せめて自分の分だけでも払いたいと言ったが、笑って聞き流された。これもなんとかお礼に含めるしかない。

ジャケットを着て、朝よりずいぶんキッチリした雰囲気になった京介は仕事用の手提《てさ》げ鞄《かばん》を手に取った。

「行ってきます。って、気分がいいな。今日はいい日が過ごせそうだ」

「いってらっしゃい」

ドアを出る瞬間まで軽い言葉を吐いて隼人を慰めてくれるから、最後はなんとか彼に笑顔を見せられた。

「……」

一人、部屋の中に佇《たたず》んでも、寂しくはあるが昨夜のような、痛みの籠《こ》もった孤独感はなく、取り乱しそうでも泣き崩れそうでもなかった。

薄いドアの前に立っていると、エレベーターが到着したチャイムが鳴る。ずいぶんクラシックだな、と思いながら、京介がそれに乗り込んだのだと想像すると、彼の仕事がうまくいくといいなと自動的な祈りが心の中から勝手に出てくる。

大和がいなくなった朝。

平気でいられるのは京介がいてくれたからかもしれない。

京介が仕事に出かけている間、バレンタインに行くことにした。

バレンタインの営業は午後からだが、心配してくれていたマスターが店を開けてくれるという。事情も話さなければならないと思っていたから素直に甘えた。

店に行くと、寝起きらしいマスターが、重ね着したシャツとジーンズ姿で待っていてくれた。ユニフォームを着ていないマスターは余計に男前だ。マスターファンが悲鳴を上げそうな姿だ。

肘のところまでシャツの袖《そで》を捲《まく》って、ロックグラスを揺らしている。中はお手製の紀州梅の梅シロップ。隼人の前に置かれているグラスの中味もそれだ。

大和と最後に交わした会話を、思い出せるだけ全部マスターに喋った。今朝、冷静になってからよく考えた隼人の推察もそこに加えた。

身内だけの、そして大和と自分だけにある歪んだ繋《つな》がりの感情までを話さなければならなかったが、マスターは大和が荒れていたときに一通りの事情を聞いている。もっと直接的で汚い言葉も呑み込んでくれた人だ。そこに幾ばくかの説明が加わったところで、今さら言いよどむほどのことでもない。

「……そうか。大和には、誰にも言えない罪悪感があったのかもしれないな」

あれからゆっくり考えてみたが、大和が見たのは母の浮気の現場だったのだろうと隼人は思う。浮気をまだ理解できなかった大和は見たことをそのまま父に喋った。大和にそんなつもりはなくとも、結果的に告げ口だ。罵倒《ばとう》し合う彼らの言葉の断片を思い出してもそれならつじつまが合う。

両親どちらともが自分たちを引き取らなかった理由にそれが絡んでいるかどうかは、情報が少なくて推測でしかないから、今は考えないことにした。

「大和はもう帰ってこないと思います。ああいう大和、初めて見ましたから」

双子の間に何らかの意思の疎通があるというなら、昨日のはそれだったと思っている。大和はいつもわがままでカッとしやすくて、自分の目の前から何度もいなくなった。長く帰宅しないときも彼の身体が心配なだけで、帰ってこないと思ったことはない。だがあれは別れだったと隼人にはわかる。依存という糸を大和から一方的に切られた瞬間を感じてしまった。琥珀色《こはくいろ》のシロップが、グラスの中でゆらりと陽炎《かげろう》のような揺らめきを見せる。

「今までずっと……大和が俺のお母さんでお父さんで、兄で弟でした。アイツもたぶん、そうでした」

自分にはあの部屋と大和しかなかった。大和もそうだと思う。

できないことだらけで、二人で支え合って、腹が減ったり、保護者の署名を貰ってこいと言われて大和が書いてくれたり、アイロンのかけ方で言い争ったり、朝起こしてもらったり。

「でもいつの間にか大和は大和になって、半分なのは俺だけになってました」

自分が大和に明け暮れて、大和を養分に狭い世界に閉じこもろうとしている間、大和は社会に出て友人を作り、足場を一人の人間として心身共に完成していった。大和に残った僅かな未熟さを大和の全部のように肥大させて、自分は依存し続けていた。足りない自分の空虚さを、大和という存在で埋めていた。

「大和がいないと何もできないのは俺の方です。大和の世話を焼いてるつもりで、でもそれを取り上げられたら俺には何にも残ってなかった。何をしていいかわからないんです。大和が、世話を焼かせてくれないから。どう動けばいいか、ぜんぜん考えられない」

朝になって、大和がいなくなって、半分しかない自分に気づいた。まだどう捉えればいいかわからなかった。生活自体もどうすればいいかわからないが、京介のおかげでなんとか自分を保てて、半分になった自分を落ち着いて自覚できている。

「しばらく休むか？」

たかが弟が引っ越し先を教えてくれないだけの話だ。だがずっと自分たちを見てきてくれたマスターは、隼人にとって大和がいなくなったという現実の大きさを理解してくれる。

「いえ、店に出してください。一日中、あの部屋で一人で大和を待ってたら辛《つら》いと思うので」

わかっているが突《つ》きつけられると辛いと思う。店で一生懸命働いていた方がまだ気が紛れるのではないだろうか。

「思ったより落ち着いているな」

「はい」

京介がいてくれたからだと思う。

今日の京介との夕食は取りやめにしてもらった。京介と別れてからすぐに、前回と今回と二度も溜まったお礼とお詫びを、落ち着いたら改めてさせてほしいとメールを送った。

——再来週までに一度会ってくれたら嬉《うれ》しいです。改めて飯でもどうですか。

というメールが返ってきた。というところまでマスターには話してある。

「京介っていうヤツはどうなんだ」

「どう、……って」

どう、というおおざっぱ且《か》つ単刀直入に聞かれて隼人は口ごもった。

「隼人が攫《さら》われるとは思っていなかったが？」

二度も保護されて朝帰りなのだから当然の質問だ。

「いえそんな、特に何があったわけでもないです、が」

——隼人が好きだということだよ。

眠る間際に聞いた囁きが、どういう意味かを確かめていない。

好きか嫌いかと言われれば好きだと思う。でも恋愛かと言われれば自信がない。でももしも本当なら応えたいと心が膨《ふく》らんでくるのがわかる。でも何て？　今のところそこでストップだ。

表情が変なのがわかる。今の状況を正確にマスターに伝えなければと思うと焦って頬が熱くなってくる。

「まあ無理に言わなくてもいい。いいことだ」

「違いますって」

「何が？」

意味ありげな顔でマスターが梅シロップのグラスを揺らす。

「マスター、それパワハラなんですかセクハラなんですか」

隼人が呻《うめ》くと、マスターは笑いながら煙草を吸っていた。


それから数日経っても、大和の会社などから連絡が入ることはなかった。大和はうまくやっているのだ。そんなことを考えて、今までもそうだったじゃないか、と改めて思い知らされた。大和は一人でも生きていける。

大和の心配をすることができなくなって、何日目のことだろうか。

深夜、隼人がアパートに帰り、ドアの内側から郵便受けを開けようとすると、カタン、と音がした。

部屋の鍵《かぎ》が投げ込まれていた。

友人の家を訪ねるなど何年ぶりだろう。

† † †

手土産というには大きすぎるダンボール箱と紙袋を手に下げて隼人は建物の前で立ち止まった。

都市部の終わりにあるマンションだ。街まで電車一本で、駅の周りはいきなり住宅街だ。高級そうなスーパーマーケットとアウトレット街。超高層というほどではないビルの間に緑の木々が挟まっている。

ベッドタウンというやつなのだろうな、と辺りを見回しながら隼人は歩いた。隼人のアパートがある街の《人がいないから家賃が安い》というのではなくて、利便性と閑静さを慎重に計ったような街だ。

駅前通り、ショッピングビル、ビジネスホテル街、映画館やスロットが入っているような建物を順番に通り過ぎてゆくと住宅街が広がっている。

建物は十階建ての八階住まい。ガラスの自動ドアをくぐると二枚目のガラスドアの手前にインターホンがあった。鳴らす前に隼人は荷物を下ろして息をついた。デザイナーズマンションというやつだろうか。垢抜《あかぬ》けた雰囲気に戸惑う。

荷物を足元に置いてインターホンを鳴らすと、返答があった。自動ドアが開く。

エレベーターに乗って部屋に向かった。チャイムを押すと部屋の中からすぐに「はい」と声がする。

「いらっしゃい、隼人」

素足の片方を玄関のパネルに踏み出しながら、京介がドアを開けてくれた。

「こんにちは。お邪魔します」

「……それは？」

さっそく京介が隼人の足元の箱に目を止める。

「今日は、専属バーテンダーなので、ちょっと用意をしてきました。中でお目にかけます」

「すごいね。どうぞ」

「お邪魔します」

中に招かれると改めて尻込《しりご》みしそうだ。

白を基調とした部屋だが真っ白ではなく、壁も天井《てんじょう》も暖かみのある乳白色だ。ほとんど違和感のない光が壁や天井に控えめに埋め込まれていて、壁自体がほんのりと発光しているように見える。

この間来たときは周りをよく見る余裕もなかったが、とても入念な部屋なのがわかる。ベージュのカーテン、モスグリーンのアクセント、電話機がある棚はモカ色の木だ。

「荷物はキッチンに置かせてもらっていいですか？」

「宿泊道具はリビングにどうぞ」

「持ってません」

軽く冗談をやり取りしてキッチンへ向かう。家呑みと決まったが、二人とも料理はそこそこにしかできない。つまみはデリだ。飲み物は隼人が担当する。小さいキッチンだが水場と包丁、氷があれば十分だった。

覗《のぞ》き込む京介の目の前で、持ってきたダンボール箱を開封する。エアクッションが出てくる。中は小さい筒に巻かれたエアクッションの集合体だ。

移動距離が短いからテープで留めてこなかった。エアクッションを手のひらでするすると解いて中から出てきたものをどんどんシンクの上に出していく。

「うわ、何これ」

「ミニチュアボトルです。見たことありませんか？」

「一つ二つならお土産とかで」

「そうですよね。青い瓶はあると聞いたのでそれを頼りにしています」

リキュールやウイスキーのミニチュアボトルだ。だいたい一本50㎖程度で、カクテル三杯分という感じだろうか。

「有名どころはだいたいミニチュアボトルを出してます。俺らはこれで勉強したり研究したりするんですけど、一般的には味見とかインテリアのために買う人が多いですね」

バーテンダーだから酒の味は覚えないといけないのだが、レギュラーサイズで買うと置き場に困るし値段も高くなる。ミニチュアボトルなら数百円から、珍しいものでもせいぜい二、三千円程度だ。気になったリキュールも気軽に試せる。

「こっちは？」

クーラーバッグだ。来る前にスーパーで仕入れてきた。

「レモンとオレンジ、あと塩とか。豆乳平気ですか？　それと炭酸水とか」

「本格的だな」

「この先は店で」

幅広くアレンジが効くよう、汎用性の高いものを用意してきたつもりだが、特殊だったりスパイス自体が特徴のカクテルは店でしか用意できそうにない。

「営業もうまいね」

「ありがとうございます」

褒められて、にっこり笑い返せたから、今夜はうまくいくと思う。

対面型キッチンは、思った以上にバーカウンターとして使えるようだ。バーカウンターと違うところは、幅が広いせいで料理が置きやすいというところか。

「ああ、こんなことになるならもうちょっとカウンター頑張っておけばよかった」

新しいグラスを磨く隼人の前で、京介が嘆くのを隼人は笑った。

「バーテンダーと友人になって、個人的なバーになる可能性を考慮するわけですか？」

急遽《きゅうきょ》こんなことになっているが、京介は普段ほとんど自炊《じすい》をしないらしい。朝のパンとコーヒーと目玉焼きだけのためにこれ以上のカウンターテーブルはいらないと思う。

「いや、考慮しておけばよかった。とても素敵だ」

「光栄です」

楽しんでくれたならよかった。隼人も手元にほとんどフルーツジュースのようなカクテルを置いて、カナッペやスモークサーモンを楽しみながらちょこちょこと呑んでいる。フルーツの盛り合わせだけは隼人のお手製だ。料理は不得手だが、カットフルーツを作るのは得意だった。

「俺もこんな素敵なお部屋のカウンターを任せてもらえて嬉しいです」

これはお世辞でも何でもない。出張バーテンダーという業務がある。隼人は今日が初めてだが、個人的なパーティーや結婚式、個人宅にお邪魔して腕を振るう。今まで個人宅に行くというイメージが今ひとつぴんとこなかった隼人だが、ここはいいなと思った。

カウンターは簡素だが、明るい部屋で、デリの彩りもあるからあまり貧相にならない。京介との視線の高さもいいし、京介の肩越しに、おしゃれなリビングの景色が見えるのも素敵だ。

「褒めてくれてありがとう。俺が作ったたって言ったよね」

「ええ。それにしたってお金持ちだってびっくりしました」

隼人と何歳も変わらないのに、マンション持ちなのがすごいと思う。いくら住宅系の職業でも易々《やすやす》と買えるものではないだろう。

「そんなことはないよ。まだ支払い中だし。ここは会社のマンションでね、入社から一年経った頃に格安で買わせてもらったんだけど、内装自分持ちだったんだ」

「部屋に何もないってことですか？」

「うん。もう断熱材見えっぱなしの、天井からビニールとか配線が下がってるような状態。うちの社長が面白い人でね、《あ、高田《たかだ》くん、君、明日から現場ここね。予算このくらい補助するけど足が出たら自費。で奥さんの》……奥さんってのが副社長でやっぱり建築士なんだけど《奥さんのＯＫが出たら発注しちゃって。で半年くらいは君のモデルハウスね。名刺代わりにお客さん招いて自分を売り込んで》って」

「スパルタですね……」

バーテンダーは修業の長さがモノをいうような世界で、未《いま》だに隼人はひよっこ未満だ。掃除から始まって、カウンターの拭き方、グラスの拭《ふ》き方、氷の扱いから一つずつ丁寧にマスターの側で育ててもらう。いきなり客の前に放り出されることはない。

「やっぱり図面を引いても、自分が暮らしてみないといい間取りってわかんないもので、ここもけっこうやり直したっていうか、色々足が出てね」

「聞かないほうがいいでしょうか」

マンションの基本費用から、内装代を差し引いて、さらに足す。いくらになるか想像もつかないが、たぶん聞いたらびっくりするような値段だろう。京介は、はあ、とため息をつく。

「設計料無料、施工費は社員価格二割引だった、ってだけ言っておくよ」

元の値段を知っていても、安かったとは言えない値段のようだ。

「はじめにも言いましたけど、いいお部屋ですね」

全体的に広くて、明るくまろやかな雰囲気だ。オシャレっぽさが尖《とが》っていない。シャープと言うにはややややわらかい。古くならない家なのだろうなと想像した。手が触れるところに木が多い。床も黒っぽくて長持ちしそうだ。暮してゆくと味になるだろうなと容易に想像できる。

グラスを片手に、京介がこちらを見ていた。

「引っ越してこない？　部屋なら空いてる」

京介の言葉を何も疑わずに信じるなら、京介は自分を恋人候補として考えていると思っていいだろうか。

「あの、京介さん」

京介の気持ちや優しさがありがたいと思うからなおさら、早く言わなければならないと隼人は焦った。言いにくいことだがはじめに打ち明けなければならない。

「京介さんに感謝の気持ちはありますし、俺にとって京介さんは特別というなら特別だと思います。でも京介さんの望むのと同じ気持ちではないと思います」

思わせぶりにしておいて、あとで実はと言い出すのは卑怯《ひきょう》だ。だが恩人として最大の礼をするつもりには間違いない。京介が大事だからこそ期待させて裏切りたくはない。

京介は鷹揚《おうよう》に笑った。

「わかってる。でもいつでも気が変わったら言って」

そう言って京介は苦笑いで隼人を見上げた。

「隼人はフェアすぎるよ」

「そんなことないです」

「大和くんのことはいくらでも庇《かば》うのに、自分のことは正直だ」

京介には色々見透《みす》かされている。

「大和が大事なだけです。……弟ですから」

それも先日、失ってしまった。

食事に合わせた軽いトールグラスから、濃厚なカクテルグラスに変える。アフターディナーと言うほどではないが、デリはボリュームがあって、摘《つま》んでいるだけでおなかがいっぱいだ。京介にはいろんなグラスを楽しんでほしくて、通常よりやや少なめの量で出した。限られた材料でいかに多くのカクテルを作るか。ゲームじみた状況を、隼人も存分に楽しんでいる。

京介もだいぶん気分がいいようだが、酔ったからといって崩れはしない。いい呑み方だ。

「これだけカクテル作れるのに、バーテンダーになれないものなのか？」

「いえ、バーテンダーになるには特に資格はいりません。食品衛生責任者っていう資格は持っているので、独立して店を開くこともできます」

人の質問に答えるのがあまり得意ではなくて、さっと酒を出したくなるのを隼人は堪える。今日はお礼の日だと決めていたから、日ごろよりややゆっくり目にできるだけ多くのカクテルを気分よく楽しんでほしい。

「でもバーテンダー見習い、って言ってたよね」

「ええ。店で酒を出すことができれば誰でもバーテンダーって名乗っていいんですけど、名乗るほどの腕がないと自分の方が恥ずかしいでしょう？」

酒を混ぜられれば《自称バーテンダー》が通じる世界だが、だからこそ矜持《きょうじ》を持たなければならない。

「マニアとオタクの差って話、聞いたことがありますか？」

「同じじゃないの？」

「マニアは物事を好きなだけで名乗ることを許されるけど、オタクって名乗るためにはそれに精通してないと恥ずかしいんだって、うちのお客さんが言ってました」

「ナントカ博士っぽい意味合いで？」

「そうです。《ナントカ好きですが、オタクと名乗れるほどでもありません》って言うそうです」

「なるほど、謙遜《けんそん》と予防線の間か」

「ああ、そういうことですね。実際胸を張ってバーテンダーを名乗るには気の遠くなる修業が必要ですし、だからどこに行っても恥ずかしくないくらいに腕を磨くまで、見習いって名乗ってたほうが気が楽なんです。上を見たら切りがないですけど」

「上って、世界大会とか何かのコンクールで優勝ってこと？」

「そういうのもいいですし、確かに自慢にはなるんですけど、僕らが憧《あこが》れるのは帝国《ていこく》ホテルとかかな。帝国ホテルのバーにはメニューがないんですよ」

店の売り上げ的には、大会優勝経験があるバーテンダーのほうがありがたいだろうが、バーテンダーとして、個人的な憧れは違う。

「何をオーダーすればいいんだ？」

「何でも好きなものを。出せないメニューはないそうです」

「ハードル高いな。趣味と教養を試されるのか」

「俺の場合、そこまで徹底してなくてもいいと思うんですが、理想として」

カクテルとひとくちに言っても完成された一杯を提供するのはたやすいことではない。基本のマティーニを満足に出せるまで何年もかかる世界だ。客の嗜《たしな》みを試すようなつもりはないが、客の理想をすべて叶えられるようなバーテンダーになりたいとは願っている。

「一応、バーテンダーには日本バーテンダー協会っていうのがあって、そこで独自の検定があるんです。バーテンダー技能検定っていうのを受けたくて勉強中です」

「俺たちは旨ければいいけど、何らかの指標は欲しいよね」

「はい。マスターはああ見えて、インターナショナル検定に合格してるんですよ」

日ごろの、ダラダラとカウンターで男の魅力を振りまいているマスターからは少々考えがたいが、当時の写真を見たことがある。ぴっちり七三に分けた黒髪と、年末の出し物のような、ラメの入ったたいかにもなスーツ。笑顔がこれまた胡散臭《うさんくさ》くて怖くなるくらいなのだが、マスターはこういうこともできると思うと、それはそれで尊敬できる姿だった。似合うか似合わないかは別問題として、デキる人だ。

「人生勉強だよねえ」

京介も意外そうな声を漏らした。

「京介さんもそうでしょうか」

建築士も「これでいい」と思うことはなさそうな職業だ。日々の技術の進み具合は、酒と比べようもないほど速そうだし、流行《はや》り廃《すた》りはダイレクトに市場に反映する。

そうそう、とゆるい相づちを打って京介は楽しそうに笑った。

「建築士なんて、引退して自分の家の図面を引くのが卒検とか言われてる感じ」

「途方もないですね」

隼人が想像するよりずっと長そうだ。

アマレットと豆乳のカクテルを新しいグラスに注ぎ、残りを隼人のグラスに注ぐ。カウンターに差し出すと、京介はグラスを観賞したあと手を伸ばす。

「何か、バーにいるみたいだ」

「だったら嬉しいです」

はじめてのキッチンで、バタバタ慌てた雰囲気になったらどうしようと心配したが、なんとかうまくいっているようだ。全部賄《まかな》うつもりで小物まで隼人が持ち込んだせいもあるが、キッチンの包丁やまな板、カトラリーが充実していたのが大きい。あと氷が冷蔵庫の製氷ではなく、ロックアイスだったのも助かった。デリが豪華だったのもラッキーだった。

よかった、と思いながら、ライムを切った包丁を洗って拭いていると京介が言う。

「もう少し、隼人のことも喋ってよ」

「プライベートってことですか？」

「そう」

頷かれて少し困った。確かにここまで京介のことばかりを聞いて、自分のことはカウンターのネタのような話題で誤魔化している。誤魔化しきる手段くらいは持っているが、これももしかして、恩返しの一部に含まれるだろうか。

隼人は心の中を軽く探ってから答えた。

「喋ることがない、ってことが喋ることかな」

素の自分の中を探しても、特別おもしろくもなく悲しくもないことばかりだ。

「離婚家庭で、中学生の頃から大和と二人きりで育ったけど、飢《う》えたこととか死にそうになったことはなくて、苦労はそれなりです」

「十分苦労してると思うけど」

こういう話をするとたいがいの人がそう言う。確かに不幸には違いないが、周りが想像するほど悲惨でもない。

「最低限生活できるくらいのお金と部屋があったので、悲惨じゃありませんでしたよ。親がいないから自由でしたし。大変でしたけど」

「大和くんのことで？」

「基本的に。主に食べものの好き嫌いが」

魚が嫌いピーマンが嫌い、ごぼうも、茄子《なす》も、ネギも嫌い。大和の食事は偏っていて、未だに好き嫌いが激しい。それに比べれば隼人は真っ当なものだ。なんとか大和に食べさせようと試行錯誤している間に好き嫌いがなくなってしまった。

「大和のことと、バレンタインで働いたことが俺のだいたい全部です。趣味はナシ、好きなものもなし、おもしろみに欠ける人間です」

大和のように旅行に詳しいわけではなく、SNSに掲載できるような写真もない。自転車が好きだが特別お金をかけたものでもなく、何日もかかるようなところに出かけたりもしない。

「俺はとても助かるけど」

馬鹿にするわけでも哀れむようでもない京介に、隼人は問い返す。

「何でですか?」

「俺の趣味は旅行とか、時計とか、設計とかでね」

「設計も?」

設計は仕事ではないのだろうか。

「四六時中頭を離れない程度には。こういうのは基本的に好きじゃないとやっていけない仕事なんだよ」

「ああ……」

それはすごいことだと隼人は感心した。好きなことを続けられるのはいい。それが仕事で生きがいとなるのは憧れだ。

カクテルに口をつけたあと、京介が問う。

「そこで例えば隼人の趣味が旅行だとするじゃない？」

「はい」

「屋久島《やくしま》はもう行った、モルディブにも行ったことがある、台湾《たいわん》も、礼文《れぶん》も、裏富士《うらふじ》も見たことがあるって言われたら、楽しみががっくり減るじゃないか」

確かにそれは面白くない。

「俺はそのどれにも行ったことがありません」

「すばらしいね」

京介の賛辞を笑いながら、でも素直に受け取った。がっかりされると思ったのだが、そういう捉え方があるのかと思うと面白い。

京介は、細いプレッツェルで空中に何かを画くような仕草をしながら続ける。

「あるいは例えば時計に特別のこだわりがあるとする。俺も時計が好きだから、誕生日プレゼントを時計にしようと思ったら、一筋縄ではいかないわけだ。相手の趣味に合わせるか、自分の美意識を与えるかで一番はじめのコンセプトから躓《つまず》く」

「妙に具体的ですね。ご経験が？」

「そういうつっこみはやめてくれ」

今度は京介が笑う番だ。

「隼人の彼女のことを訊いてもいい？」

「俺、何か話しましたっけ？」

一応外部には秘密の扱いだ。女性が好きだと言ってはいるが、現在の恋愛事情について話した記憶はない。――のだが京介には酔った上でさんざん醜態《しゅうたい》をさらしている。何か口走っただろうか。

「いやぜんぜん。いたことあるかどうかも聞いてない」

「高校一年生のときに三ヶ月ほど付き合った女の子がいます」

「ってことはまさか」

「質問はそこまでです。童貞ですよ？」

「おお、神さま」

大げさに言う京介に笑う。

「お客様、次のグラスは何にしましょう」

京介のリアクションに、笑いながらオレンジを飾り切りにしていたときだ。目の前で立ち上がった京介に、不意にキスをされた。

驚いたせいで、固まってしまう。二度目に長く触れられたときは目を閉じた。

「嫌？」

「あ……あの」

嫌ではなかったからどうしよう。そんなことを答えていいかどうか迷ったときまた、キスをされた。

酒で温かくなった舌先が唇に触れてゆく。ちゅ、と音を立てて吸われた。

「続きはどうしよう?」

「待って。……待ってください」

包丁とオレンジを持ったままの手が震える。京介がまたキスをした。

「嫌かな。反撃の余裕は与えているはずだけど」

「そんな、馬鹿なこと言わないでください」

本当に嫌なら手にあるもので抗《あらが》ってもいいと京介は言うが、そんなこと、できるわけがない。

「嫌じゃない、ですけどでも、急には……」

困りきって掠れた声で答えると、間近なところで京介は残念そうな微笑を漏らす。

「ごめん。当然だ。無理強いはしたくない」

「……すみません」

半分以上、隼人の責任だ。京介の優しさにつけ込んで、彼が男性を好きなことを知りながら、無防備をさらす。誘ったと勘違いされそうな言動をして、今さらゲイではないと言うのはいけない。

だが京介は機嫌を損ねたようでもなく、いたずらっぽい笑顔で頬杖をついた。

「冷静になれそうなものを一杯。バーテンダーさん」

オーダーされて、震える指でリキュールを計る。

「……これを」

ドライジンにジンジャーエールのグラスにレモンジュースを注いで差し出した。

「ジン・バックです。ジンは昔、解熱剤に使われていたそうです」

「その心は？」

「雄鹿《バック》に蹴《け》られて頭を冷やせ」

カウンターでは定番の冗談だ。

「座布団《ざぶとん》十枚」

「俺は京介さんのそういうところはとても尊敬しています」

何があっても同じステージに乗ってこないのが、京介の優しさであり、尊敬するかしこさでもある。

† † †

週末のバレンタインは忙しい。

オーダーはアルバイトが取りに行くが、カウンターの相談込みの注文は主に隼人が受ける。

オーダーが難しいときはマスター行きだ。テーブルや席数を管理したり柑橘《かんきつ》を切り足したりするのも隼人の担当となっていた。ジュースの残量を頭に入れておいて、バックヤードの指示を出すのも隼人だ。マスターにストレスなくカウンターを勤めさせるのが役割になっている。

オーダーが一区切りして、マスターはカウンターの客と談笑している。最近両想いになったというサラリーマン風のカップルと話していた。二人とも美丈夫で幸せそうだ。失恋話が多い中、幸せそうな人間を見ると心の底からホッとする。

ざわめきに気を配りながら長いクロスでグラスを磨く。壁の時計に目をやると、時刻は二十一時を回った頃だ。京介が来るにはまだ少し時間がある。

あの夜、どうしても京介が泊まって帰ってくれというので泊まらせてもらった。

——泊まってほしいけど理性が持ちそうにないから別の部屋で。

と京介は言う。そんなことはできないと言ったが「お礼を頼む、何もしないから」と言うから逃げ出すわけにもいかない。

ソファに寝るという京介に、さすがにそれは申し訳なさすぎると訴えたが京介は《わがままを言ってるのは俺の方だから》と言って譲らなかった。

結局隼人はベッドの隅っこで、なるべくシーツを乱さないように気をつけながら眠った。京介はリビングのソファで眠ったようだ。

お礼にだし巻き卵とわかめの味噌汁を作り、朝食を一緒に摂って帰宅した。結局ホテル代も何も受け取ってもらえなかった。

相変わらず大和からは連絡がない。ずっと手をつけられずにいた大和の部屋だが、昨日、ベッドの上でぐちゃぐちゃになっていた布団を畳み、シーツを洗った。散らかしていた雑誌や新聞を束ね、ハンガーであちこちにかけている服を洗って箱に詰めた。雑誌は来月まで待って、連絡がなければ捨てようと思っている。

京介は週末にバレンタインに通ってくれて、ときどき水曜日にバーテンダーとして彼の部屋に遊びに行く。

ミニチュアボトルの残りが少なくなってきて、最近は残ったボトルでいかにおいしいカクテルを作るかという研究に京介を付き合わせている。

代金を出すからボトルを買い足してほしいと言われていた。隼人はボトルが終わればやめる気でいた。お礼とお詫びの境はそこだと思っていた。何だかんだと隼人の方がよくしてもらっている。これ以上はやはり、気持ちだけでも現金を包んでちゃんとお礼をした方がいい。カクテルと名のつくものが作れなくなるまでもう少し時間がある。「ミニチュアボトルは市販品なので、酒屋で普通に買えます」という苦し紛れの断わり文句が、彼にどのくらいの強さで伝わっているだろうか。

京介はたびたび隼人のことを好きだと言ってくれ、何度親愛と恋情の境がわからないと断わっても、気が変わればいつでも歓迎すると、あやふやな自分を許してくれる。

旅行に行かないかと訊かれていた。さすがにそれに応じたら思わせぶりにもほどがある。首を横に振ろうとすると「もちろん別室で」と先回りした理由を差し出してくる。一度くらいなら休みは取れる。だが本当にそんなので京介はいいのだろうか。

「隼人」

マスターからため息に呼ばれて、「はい」と答えてはっとした。

考えごとをしていたせいでいつまで同じグラスを磨いているのだろう。

「すみません、ちょっと考えごとを」

慌てて次のグラスを手に取ろうとすると、マスターは困ったように頭を掻いた。

「そうじゃなくて、一回裏に行って顔を洗ってこい」

「え。何かついてますか?」

とっさに頬に指をやろうとするが、マスターの表情から不正解だと読み取れる。

「ぼんやり色っぽい顔つきだ。イイ感じのことでも考えてたか?」

「や。いえ、そんなことはぜんぜん!」

手を振ろうとしたら、クロスを落しかける。落すまいと身体を屈《かが》めて肘を台にぶつけた。

「ったー……!」

じんと肩まで痺《しび》れる痛みに思わず肘を抱えて呻く。マスターは呆れ顔だ。

「前のお前は、いつも淡々としてるのが安心だった。見ろ」

マスターがカウンターに視線をやる。追ってそちらを眺《なが》めると、何人もの客と視線が合った。

「狼《おおかみ》さんたちはそういうのに敏感だ」

「ええ？　そんな……！」

そういう淫《みだ》らなことを考えているわけではないとマスターに訴えようとすると、マスターはため息をついて背中を向けた。

「お前だけは安心だと思っていたのになあ。やっと育ったうちの従業員なのにどういうことなんだ」

「お、俺は安心です。今日も！　昨日腕が上がったって褒めてくれたばっかりじゃないですか」

確かに京介のことを考える時間は増えたが、仕事は熱心にしていると思う。さっきのはたまたまだ。今だけだ。マスターはそれも気に入らないようだ。

「急に腕が上がるのも要注意なんだよ。下心があるときの方が技術ってのは上がるもんだからな」

「……っ……！」

いちいち図星だ。本当にこの人は人のことをよく見ている。

「隼人はこっちでモテそうになかったから店に置いても大丈夫だと思っていたのに……。まだツトムたちは使えないから、もうしばらくは頼むからな」

どのくらい本気なのかわからない声で、マスターはそのアルバイトのツトムが持ってきた発砲スチールのボックスから四角い氷を取り出した。氷を持つ方の手に、専用のグローブを嵌《は》める。

丸氷を作るのだ。四角い氷をアイスピックとナイフで球に削る。

氷は円に近いほど溶けにくいから、飲み物の味を薄めず氷も長持ちする。しかしピック一本で丸氷を作るのは、高い技術が必要なことで、ショー的な要素もある。隼人も何度か練習させてもらったが、氷が小さくなっていくばかりで、少しも丸くはならなかった。

カウンターの周りにカップルが二組寄ってくる。

――こういう芸はクチコミに利くんだ。

マスターは露悪的《ろあくてき》に笑っていたが、クチコミになるだけの技術と店の誇りだ。素直に自慢していいと思う。

京介が今、来ればいいのにと隼人は思った。まだ見たことがないはずだ。これはマスターの気分次第で、通常は機械で丸く削られた業務用の丸氷を使うことが多く、見たいと言っても金を払えば見られるわけでもない。

いつか自分も京介に見せたい。京介に褒められるようなバーテンダーになりたい。

ああだめだ、と思いながらワイングラスの足にクロスを巻きつける。マスターにあんなことを言われたせいか、何を見ても京介を思い出してしまう。クロスの先をグラスの中に突っ込もうとしたとき、正面に人が立っていて隼人は顔を上げた。オーダーだろうか。わりと頻《ひん》繁《ぱん》に出入りしている客なのだが、空いている席に座ろうとしない。

彼は真っ正面からじっと隼人に視線を据《す》えたまま尋ねてきた。

「アンタさ。京介くんと付き合ってるの？」

あまりにあっけなく訊くから隼人も一瞬意味がわからなくて、彼を二度見してしまった。

彼の視線は冷ややかだ。質問というより問い詰めるような口調だった。

「京介くん、最近よくカウンターで話してるよね？　京介くん、はじめ俺に声をかけてくれてたんだけど」

「……すみません、どなたのことを仰《おっしゃ》ってるか、わかりかねます」

バーテンダーの常套句《じょうとうく》だ。客のことは客に任せておくのが基本だ。たとえそれが京介でも、客同士の付き合いに口を挟まない。

「でも京介くん、毎週ここに来てアンタとずっと話してるよね。俺知ってるんだけど。何でしらばっくれるんだよ」

マスターに助けを求めようにも、丸氷づくりが盛り上がっている最中で水をさせない。

「僕は、誰とも付き合っていません」

さしあたり真実だ。だが彼はほころびを見つけたように問い詰める口調を強くした。

「付き合ってない人と、旅行の話するんだ？　ゲイバーのお店の中の人なのに、客を差しおいて、そういうのよくないと思わないか？」

「いえ、それは……」

「最近、京介くんをしょっちゅうこの店で見ると思ったらアンタのせいなのかな。前はさ、《ピノー》のほうばっかりだったのに、最近バレンタインにしかいない。バーテンダーなのに枕営業《マクラ》とかやるわけ？　そういう客の引き方するのかよ」

「しません」

京介は客の節度を守ってくれる。京介と付き合わないことを理解した上で、バレンタインに通ってくれる。

「付き合ってなんかいません。……俺は、――俺は、京介さんが好きですけど」

「マジで？」

と違う声が急に割り込んで、隼人は目を見張った。さっきの声は目の前の客ではなく背後の男だ。

「き……京介さん？」

京介はものすごく驚いた顔をしているが、驚いたのはこっちだ。どこから聞いていたのかとにかく一番肝心《かんじん》なところは聞かれてしまったようだ。

「あ、あの、京介さん」

「仕事が遅くなって焦ってたんだけど、急がば回れとかそういうヤツ？」

「ちが……いや、違わない……けど！」

目の前の男が不快そうな表情で振り返る。

「京介くん、ほんとにこの人のこと」

不機嫌そうに振り返る男を京介は無視だ。

「両想いってことで把握していいかな」

「あ……あの」

「隼人、今俺が好きって言ったよね？」

京介は、彼の肩越しにこちらを覗くようにしながら隼人に問う。何と答えていいかわからず、まごまごしていると、彼が呆れたような声で唸った。

「あのさ、アンタたち俺の言うこと聞けよ！」

この手の罵倒を投げつけられるのは隼人はこれがはじめてだ。


客はそのまま出ていってしまい、引き止めようとしたが間に合わなかった。マスターは後になって「まあそんなこともあるだろう」と言っただけだった。隼人は、うっかりあんなことを零してしまったことを謝ったが、「こればっかりは止まるものでもないだろうから」と言ってそのまま客の対応に戻った。

京介はカクテルを一杯飲んで、多めのチップを置いて出ていった。駅前のカフェで待っていると言って、深夜まで営業しているカフェの名前を告げられた。

残りの勤務時間を気まずく過ごし、自転車に乗って駅へ向かう。店を出る前にメールをしたら、カフェの入り口の灯《あか》りの下に京介が立っていた。軽く手を上げて隼人を迎える京介の前に自転車で滑り込んだ。

「中に入る？」

「いいえ、京介さんが遅くなりますから」

「いいよ。終電、過ぎたから」

取るものも取りあえず慌てて飛んできたが、言われてみればそうだ。

「……すみません」

滅多に自分が電車に乗らないから忘れていたが電車は終わりだ。見上げると駅のホームには皓皓《こうこう》と灯りがついているが、人影はない。

「隼人が謝ることじゃない。駄目な大人なのは認めるけど、今日、隼人と会わずに家に帰ったら馬鹿だよ」

そうだ、この人に自分が彼を好きだと言ったのを聞かれてしまった、と、今さら隼人は思い出した。

「喧嘩、じゃないよね？」

そう言いながら恭介は道路の向かいにある植え込みのほうへ向かった。

「はい、酔ったお客さんに話しかけられて」

大きな円形の植え込みをかたどるように、レンガの枠があり腰かけられるようになっている。京介はそこに座った。隼人は目の前に立つ。この角度で見下ろすと、京介の額の形がいいのと鼻筋が通っているのがよくわかる。

「隼人、告られたの？」

「いや、そうじゃなくて、あの人覚えてる？　京介さん」

何度か話しているのを見たことがある。彼が京介の腰に手を回しているところも。

京介は軽く首を傾げたあと、ふと顔を曇《くも》らせた。

「ああ。前に俺が好みだって声かけてきた人だ。手当たり次第だな。隼人は俺とぜんぜんタイプが違うだろう」

「そうじゃないです」

隼人を誘ったと勘違いしているらしい、隼人は慌てて訂正した。

「あの人京介さん狙いで、俺と京介さんが付き合ってるかどうかって訊いてきたんです」

「付き合ってるって言っちゃえよ」

「言えませんよ。好きですって言っちゃいましたが、でもあれはその……、言い訳っていうか」

「言い訳なの？」

真顔で問われて、隼人は言いよどんだ。嘘ではない。勢いでもない。彼が背中を押したのは確かだったが、隼人の中でとっくに形を持っていた気持ちを吐き出しただけだ。

「俺のこと好きって言ったのは嘘だったの？」

優しく問われて、隼人は口許に手を当て、目をそらした。頬が熱くなるのがわかる。

「いえ……嘘じゃないです、すみません」

京介は座ったまま隼人の手首を取って、楽しそうに笑った。植え込みの真ん中に突き出たデジタル時計が、ちょうど午前一時を映している。


喋れなくなるほど恥ずかしいのをなんとか乗り越えて、隼人は自転車を押して駅のロータリーを歩き出した。京介に泊まりに来てもらうほどの部屋ではないし、タクシーに乗れば駅と往復でホテル代と同じくらいになる。

仕方がないので駅前のビジネスホテルを探した。そこまで京介を送ることにした。

都会ではないから、駅前でも夜中はしんとしている。

「何か今の状態って、微妙に遠距離で嫌だな」

「そうですね」

京介のため息につられた。

車で五十分。遠距離というほどの距離ではないが、酒を飲んだら車に乗れない。終電は早くに終わってしまって、大事なことを話すたび、代行かホテルでは遠距離恋愛と変わらない。

「遠いのはマズいな」

京介があまりに深刻に言うから、少し不思議に思いながら京介のほうに視線をやった。

「よかったら、俺が半分電車代、出します」

バレンタインに来るということは酒を飲まないわけがない。毎週バレンタインに通ってこられる一番現実的な方法は電車だ。会社が終わったら来てもらって、終電に間に合うように京介を店から送り出す。そのくらいならバーテンダーの仕事の範疇《はんちゅう》内だ。隼人が毎週遊びに行くのはまた別として、京介がこちらに通いたいというなら、週一の電車賃の半分くらいなら、隼人にだって出せる気がする。

申し出ると、京介は「わかってないな」と呟いて、ため息で隼人を眺める。

「あの店に隼人を出しとくのが心配なんだけど」

「あそこはゲイタウンですけど、バレンタインはそんなに危ない店じゃないですよ。あの十字路より奥は危険ですが」

それを越えてしまったら即襲われた隼人が言うのだから間違いはない。だが本当に線を引いたように、車二台がようやく擦れ違える、あの道路が安全と危険の境目だ。

「そうじゃなくて」

京介は困った顔をして首を傾げる。

「みんなが隼人を放っておかないだろう、ってこと。こないだまでは《ああこの人誘っても駄目だな》っていう冷ややかなオーラみたいなのが出てたのに、今日は壁がぜんぜんなくなってて、めちゃめちゃ心配だ」

「そんなオーラ出てませんよ」

「出てた。馬鹿にされてる感じじゃなくて《あなたたちは別の世界の人ですから》っていう、透明だけどめっちゃ頑丈なアクリルパネルみたいなオーラ」

「で……出てません」

隼人は答えたが、どこか図星だったかもしれない。彼らを蔑《さげす》んだことなどなかったが、自分の人生の中には入ってこない人たちだろうと思っていた。《客》といえば正しいだろう。店員の誠実を持って付き合うが、それ以上親しくならない。それで正しかった。京介と会うまでは。

京介は隼人の表情を窺うような視線を寄越した。

「勧めるのはバレンタインじゃないとダメなのかな。あそこはいい店だけど、隼人が心配だ。俺より他にいい男は来るだろうし、マスターも何か……、あの人すごくモテるだろう？」

京介はたぶん、マスターがドストライクの好みではないらしいが、それでも男にとって魅力的な男なのがわかるのだろう。

「モテますけど心配ないです。彼、恋人がいますし、その人がマスターの好みだとすると、……代わりはいませんから」

一度見たことがあるが、怖いくらいの美貌《びぼう》の人で、性格もあのマスターを振り回すのだからかなりなものだ。彼に比べればごくごく普通というにも憚《はばか》られる隼人など、恋愛対象になど絶対にならないと断言できる。

「ほんと?」

「本当です」

「信じていいのかな……いや、心配だ」

独り言のように呟いて、京介は月を仰《あお》ぐ。

「せっかく隼人に好きだって言ってもらえたのに、ものすごくカッコ悪いことばっかり言ってるな。けっこうもう駄目な人になっちゃってるから。これ以上駄目な人になりたくないんだけど」

「そんなことありません」

京介が自分に対してそんなことを言うなんて、何か勘違いをしているのではないかと思うくらいだ。

京介は、はあ、と声を出してため息をついた。

「ほんとに最近、やばいんだよ。恋愛してもあんまりのめり込む方じゃなくて、プライベートのパートナーくらいしか考えてなかったんだけど、最近週末の建築物巡りが半分になってる」

「そんなことしてるんですか」

仕事が好きだと言っていたが、そんな地道な研鑽《けんさん》をしていたのか。京介は、「うん」と子どものように頷いた。

「隼人が嫌いじゃなかったら一緒にどう？　きれいなホテルとかビルとか。でっかいビルを写せる広角レンズも持ってる。ホテル周りってだいたいおしゃれな飯屋とかあるし、橋の夜景とか会社ビルのキャラクターモチーフを見上げながら夕食とか」

「それってさりげなくデートのお誘いですか？」

ダメだと言いながらちゃんと誘ってくるのがおかしかった。京介も笑った。

「そういうことにしておいてもいい」

「デートかどうかは置いといて、楽しそうだから行ってみたいです」

隼人が笑顔で答えると、京介は今度こそ本当に困った顔をした。

「京介さん」

「正直に白状するけど、隼人と住む部屋の図面とか勝手に引いちゃっててやばい」

「いきなりですか」

「趣味だよ。妄想《もうそう》とかだから。想像予算八千万くらいだし」

「はあ……」

新築の家がいくらするのかは知らないが、確か分譲住宅の一軒家が四千万円程度とチラシに書いてあったからその倍だ。しかも部屋というのだから、マンションの一室のつもりだろうか。さすがに冗談だろうとは思ったが、どう答えればいいかよくわからなかった。京介と住む部屋。彼と自分の部屋の落差に、簡単には想像ができない。それに、出ていったとはいってもまだ自分には大和がいる。

そうだ、と隼人は思い直した。いずれ、――いずれ大和を諦め、あの部屋を出ていくことになるかもしれない。だがもしも本当にこのまま大和が帰ってこなくとも、大和との連絡が回復しないうちはあの部屋を動けない。今は大和のほうから連絡を取ってくるのを待つしかない。自分があそこからいなくなるわけにはいかない。

加減がわからなくて恥ずかしいけれど、正直に答えることにした。

「俺はしばらくあの部屋を引っ越せません」

「ああ、いいんだいいんだ。妄想だから。本当になればいいとは思ってるけど、急ぐつもりはない。それより心配は隼人の勤務先の方だ。うちの近くにバーがあるよ。そっちに転勤しないか？」

「バーだからってチェーン店じゃないです」

どちらかといえば競合相手だ。

「店はどこでもいいけど、できるだけうちの近くがいいな。そしてできればゲイバーじゃないところで。……って隼人はもともと女の子か。困ったな」

いい男が自分の目の前でこんなに困っていると、隼人もだんだん困ってくる。京介が好きなのは本当だ。京介が自分を好きでいてくれることも信じている。ただ、彼と自分の間の差が、仕事も収入も、生活環境も何もかもが違うから、どう捉えればいいのかわからないだけだ。

「……どうしよう、隼人」

困り果てたようにそう呟いて、京介が隼人を抱き締めてきた。

自転車は片手で支えられるし、深夜だから人通りもない。

抱き締めてくる京介の腕の圧力を感じながら、片手でおそるおそる抱き返してみると、さらにぎゅっと力を込められる。息苦しいのは腕の力のせいか、どきどきと鳴る鼓動《こどう》のせいか。

このままではいけないと思って、隼人なりの答えを一生懸命打ち出してみた。

「俺は、京介さんが好きです。でも他の男の人を好きかと言われるとそんなことにはならないと思います。バレンタインで誰に何を言われたって、俺は何ともないですし、そういうのをどうやったら信じてくれますか？」

と言って京介を見上げかけて、腿《もも》に当たるものが自転車の部品でないことに気づいてしまった。深刻な顔で京介が言う。

「……下世話なこと言ってもいい？」

「あーいいですいいです」

隼人は京介の告白を慌てて止めた。打ち明けられても対処する言葉がわからない。どういう反応を返せば正解かなんて想像もつかなかった。隼人を好きでいてくれるのはわかった。

こんな自分でいいかどうか、隼人にはわからないが、とにかく理解は示したい。

「ゲイバーのバーテンダー歴二年で、これまで並みいるゲイの皆さんを見てきましたが、俺自身初心者で童貞ですけど、それでいいですか」

「すごいプロフィールだな」

感心したように答えられて、自分が口走ったことに泣きそうになる。

「……大和助けて」

「こういうのは今まで大和担だったんだな？」

「社交的な双子の弟に頼ってばかりいた人生です」

「無理に芸風編み出さなくていいから」

「すみませ……」

謝罪の言葉を塞ぐように、駅前でキスをされた。


京介をビジネスホテルの前まで送っていった。

「キスをしたいから、中に入っていかないか？」

「遅いので帰ります」

隼人の朝は遅いからいいのだが、京介は明日、早起きをしていったん自宅に戻ってから出勤するという。

「おやすみなさい、京介さん」

そう言って名残惜《なごりお》しく離れようとすると、京介が手を伸ばして隼人の手を取った。

「京介さん」

「ありがとう、隼人」

「お礼、ですか」

「ああ。隼人は女の子が好きなのに、俺を選んでくれて」

隼人にとって、あまりに意外なことで驚いた。好きになってもらって驚いたのは隼人の方で、そして言われてみてそういう考えもあるんだと今さらびっくりした。京介が今までどれほど諦めながら恋をしてきたかわかる。隼人に優しすぎるのも、紳士的なのも、もしかしてそれが原因なのかと思うと、今までカウンター越しに同性愛者たちに触れながら、気づかなかった自分が酷く鈍く、無神経な人間に思えた。

「ありがとうは、違うと思います」

なぜか、泣きたい気持ちになりながら隼人は言った。

「じゃあ、何て?」

「好きです、京介さん」

勇気というなら今しかない。

男かどうかなど関係ない。劣等感や後ろめたさもいらないと思った。京介が好きで、京介が自分を好きでいてくれる。それがこの気持ちの全部だ。

「そうか。……好きだ、隼人」

少し涙ぐんだ声で囁かれて、隼人は頷いて今度こそ京介の前を離れた。

「おやすみなさい」

そう言い残して片足で地面を蹴って自転車に乗った。

おやすみ、と背中に小さな声が聞こえる。振り向きたくなるのを堪えて隼人は自転車を漕《こ》いだ。

午前二時。初夏の夜風が頬にひやりと気持ちがいい。


あらかじめ酒屋にメールをしておいた。バレンタインが世話になる酒屋は隠れた名店だ。酒というのは確保するルートがないと仕入れられないものなのだが、この店には個人商店としては異様な数の、珍しい銘柄《めいがら》がある。バレンタインのバックバーもずいぶんこの店に助けられていて、この店が父親と息子《むすこ》二人の個人商店然としているのがいつも隼人には信じがたい。

「隼人、勉強熱心だねえ」

ミニチュアボトルがぎっしり詰まった袋を、カウンターの上に出しながらいつも店番をしている息子のほうが言った。

「いえ、これはプライベートです」

「家で練習するんだろう？　コンクールにでも出るの？」

誤魔化し笑いの隼人に、息子は興味深そうに訊いてくる。

「いえ、まだもうちょっと先です」

京介の部屋のミニチュアボトルを買い足すことにした。お礼といってはなんだが、金は受け取ってくれない、そして京介が好みそうなおしゃれなレストランも知らない隼人には、これが一番喜んでもらえるお礼だと思ったからだ。それに先週の京介の言葉が本当なら、それに報いることにもなると思う。京介のためだけにカクテルを作りたい。それを隼人のプライベートにしたい。

「そうか、楽しみにしてるよ。週中頃、バレンタインに行こうかな。ゲイじゃないのに入れるのって業者特典だからな。あ、そうそう、オヤジが言ってたけど、マスターさ、週の半分くらい別の店に入ったりしないかな。うちのオヤジが「あんな人がゲイバーだけで働いてるのが勿体《もったい》ない」って言って、普通の飲み屋街にあるバーを一軒任せたいって言ってるんだけど」

酒瓶を拭くクロスを手に、息子は身を乗り出した。

「それは、マスターに訊いてみないとわかりませんけど、たぶんお断わりすると思います」

マスターはバーテンダーとして優秀だし、カウンター勤務はライフワークだと言っている。だがゲイバーであることも同じだと言っていた。自分が住む世界で酒を出したい。あの止まり木を守る人になりたい。そういう何もかもに確固たる信念があるところも、隼人がマスターに憧れるところだ。

支払いをし、酒が詰まった帆布《はんぷ》のショッピングバッグを肩にかける。

「それじゃ、お世話になりました。店でもお待ちしてます」

「うん。うちもよろしく、ご贔屓《ひいき》に！」

互いに頭を下げあって隼人は酒屋を出た。

ミニチュアボトルをお礼にしようと決めてから、じわじわと日に日に恥ずかしさが込みあげてくる。物を差し出すだけなら何ともないが、これで京介のためにカクテルを作ることが前提だ。これからもずっと一緒にいてほしいという告白も同然だった。厚かましくないだろうか。またキスをしてくれるだろうか。

「……うー。やばい緊張する」

そして同時にバーテンダーとしての矜持もあるのだ。職場でも当然だが、京介の前で失敗などしたくない。

京介の部屋に到着してからすぐ、京介を買い物に誘った。カクテルグラスとロンググラス。種類は二種類あれば基本的なカクテルに対応できる。ロックグラスはもともとあるので大丈夫だ。カクテルグラスと言っても個性があって、できるなら京介好みのものを選びたい。マンションの近くのショッピングモールに生活雑貨を扱う有名チェーンがあった。そこに付き合ってほしいと頼んだ。

――うん、家にカクテルグラスがあるのはかっこいいね。

隼人からのプレゼントを喜んでくれると同時に、京介は彼の美意識から、おしゃれなカウンターキッチンの棚にカクテルグラスをディスプレイする楽しみに乗ってくれる気になったらしい。

さっそく出かけてカクテルグラスとロンググラスを三つずつ買った。カクテルグラスはシンプルだが、足の部分が磨《す》りガラスになっている。おとなしいのに高級感が映えるいいグラスだ。値段も手頃でレギュラー商品らしいのもいい。

帰りにモールの中にあるディナービュッフェに寄って帰る。安い割りにメニューが豊富だが、子どもが多いのが落ち着かないと笑っていた。

京介の部屋のキッチンは、バーテンダーの仕事をするのにちょうどいい。小振りなまな板と配膳台《はいぜんだい》にもなる流し台。包丁だけはいかにも料理をする気がない安いセラミック包丁だったから、小振りなナイフを買った。フルーツの飾り切りはマスター直伝だ。あと、京介が買い物籠に歯ブラシを二本放り込むのを見て照れた。隼人も少し、呑むつもりでいたから明日の朝までタクシー以外では家に帰れない。

バーテンダーはただ酒を混ぜるだけが仕事ではない。半分ショービジネスで、シェイカーを振るのもそうだし、マスターが丸氷を作るのもそうだ。京介の前でグラスを磨いて見せた。長いクロスをグラスの足に巻き付け、ガラスに触れないように手早く拭く。たったこれだけだがずいぶん練習が必要なことだ。

Tシャツに黒いエプロンを巻いた。バレンタインではマスター以外はショートエプロンを巻いている。カウンターの準備も見せた。バーの仕事は段取り八割と言われる。グラスを磨き、フルーツを洗う。ピューレ、シロップ。開店前に火で仕込む材料も少なくない。京介の好みはだいたい把握したし、完全に店の再現はできないのだが数が少ないだけで、仕事の段取りは変わらない。

「かっこいいね、隼人」

「ありがとうございます」

「仕事をしているところを見ると、余計惚《ほ》れそうだ。悔しいな」

「このキッチンも京介さんの仕事でしょう？　使いやすいです」

ほんの僅かな差だが、微かに高いキッチンのラインがこんなに使いやすいとは思わなかった。二時間足らず使ってもぜんぜん疲れかたが違うのだ。今度マスターに話してみようと思っている。

「そんなこと言われると《やっぱりもっとキッチン頑張っておけばよかった》と思うじゃないか。でもいい。とりあえずカウンターやり直すから。あとで隼人の意見も聞かせてくれ」

「十分ですよ。使いやすいし、素敵です」

「隼人の居場所だと思うと、そういうわけにもいかないだろう？　正直、今までのところ、俺がぜんぜん料理に興味がないからメソッドどおりにしか作ってないんだ」

京介らしい。隼人は笑いながら頷いた。

「俺に訊いたら、バーカウンターにしよう」

「そのときはもう、バーカウンターっぽくなりますよ？」

どうしてもここに隼人の居場所を作ってくれたいらしい。嬉しく思いながら磨いたグラスを並べていると、カウンター越しに京介にキスをされた。

額をくっつけたまま、伏し目がちにした京介が囁く。

「……そういうことだと思っていいんだよね？」

「恋人、という意味、ですよね？」

勘違いしてもされても困ることだ。ドキドキしながら思いきって問い返すと、「よかった」と言って京介が笑っておでこを離した。

「とりあえず、付き合ってると思っていい？」

椅子に腰を戻した京介が尋ねる。

「京介さんがいいなら」

「キスとか、身体に触れられるのは嫌じゃないか？」

「キスは少々緊張します」

と答えて、隼人は頑張ってもう一歩踏み出してみる。

「……でも、嫌じゃないです」

キスされるたび、ドキドキして顔が赤くなるのがわかって恥ずかしいのだが、嫌ではない。

隼人から彼の唇にキスをする勇気はまだ出ないけれど。

「今夜は一緒のベッドで眠れるって考えてもいいかな」

仕事柄客あしらいは慣れているが、自分に対してのこんな直球は受け止めるのに苦労する。

「……そんな、雰囲気になったら」

これもバーテンダーの逃げ口上だ。職業柄交わす言葉の定型文はたくさん持っているが、選び間違えたら悲しいことになりそうだ。今までの習い性で思わず口を突く常套句を吟味《ぎんみ》しながら本心と比べて差がないことを確かめながら京介に差し出す。距離を取ってあしらうよりもずいぶん大変だ。

自信があるのか安心したのか、京介はおもしろそうに笑いながら隼人を見た。

「じゃあバーテンダーさんに雰囲気作ってもらおうかな」

「難しいことを言いますね」

「できるでしょ？」

挑戦的に言われて、バーテンダーのプライドにそっと火がつく。

「まあ、職業ですし。見習いですけど。……とりあえずカシスソーダはいかがですか？」

「どういう意味？」

「《あなたは魅力的》」

「隼人は仕事ができそうだ。いただこう」

砂時計の形に似た銀のメジャーカップに、瓶から赤いカシスのリキュールを注ぐ。トールグラスで炭酸水と合わせる。レモンは京介の分だけだから切り置きはしない。きれいなレモンの形が出るところでスライスをして、端はジュースに使う。単純なカクテルだが、リキュール本来の味や濃さを知らなければまったく別のカクテルができる。

「隼人には《ピュア・ラブ》を」

「いただきます。いつもそうして口説《くど》くんですか？」

いかにも通ぶったオーダーを投げてこないところが侮《あなど》れない。

「あんまりグラスをプレゼントしたりはしないほうだよ。なぜかいただくことは多いけどね」

「そうでしたね」

そういえば、京介は貢《みつ》がれグセで悪評が立ちかけた男だった。隼人も何度か、プレゼントのカクテルを彼に届けた記憶がある。

京介のオーダーで、自分のためのカクテルをシェイクする。ピュア・ラブ。ジンと、木いちご、ジンジャーエールがメインの甘酸っぱく爽《さわ》やかな一杯だ。シェイカーは愛用のものを持ち込んだ。この部屋に通うのが週一以上になったらスペアを考えようと思っている。

「次は何を貰おうかな」

「ピッチが速いと酔いますよ？」

種類を多く飲んでほしいから、グラスは小さめだ。すぐに飲み干すのがわかっているから、氷も多めにしている。

「次からはそうするよ」

「じゃあ、これを」

バーボンとグレナデン。レモンとライムで引き締めて炭酸を入れて混ぜる《ステア》。カシスソーダと同じ赤だが、向こうが透明度の高い宝石のような赤ならこれは夕日のような濃度の高い赤だ。

「これは？」

「カリフォルニアレモネード。《永遠の感謝》です」

「感謝……か。それもいいだろう。お客さんから熱烈な一杯を隣の彼に、って言われたら何を出す？」

「そうですね」

と言いつつ、さっきのグラスは自分で責任を取ることにした。

「基本はこれですか」

出来上がったグラスの縁に生のオレンジを引っかける。

「スクリュードライバー。《貴方に心を奪われた》」

オレンジジュースの甘味で、するっと飲めるのだがウォッカベースだ。調子に乗ると本当にネジのように目が回る。

「お。いいねえ」

と言って何も言わなくとも、京介はスクリュードライバーの方に手を伸ばした。

「隼人は俺のどこに心を奪われてくれたの？」

「それは……」

どこと言うと小さなことばかりで「これが」という決定的なことはない。迷わず大和を助けようとしてくれたところ、隼人の安全も計ってくれたところ。見返りも求めず介抱してくれたところ。定食屋の安い天ぷらをおいしそうに食べるところ、ちょっとだけ覗く歯がきれいなところ、仕事に一生懸命なところ、自分なんかの気持ちを大事にしてくれて、キスするときもいちいち気分を聞いてくれるところ、できる男のくせに、ほんのちょっと駄目なところ。

「あの」

「ちょ、待った」

どうやってまとめればいいかわからないまま、惹かれた理由はちゃんとあるのだと言おうとしたら、京介自身に止められた。

「そんなこと自分から訊くなんて、もう男の風上にも置けないからごめん。今のナシ」

「そういうところも好きです」

自分を飾らないのがおもしろいところ。

「ダメだ、恥ずかしい」

と言って京介はグラスを呷《あお》る。

「恥ずかしくないです。京介さん、かっこいいです」

バーテンダートークの定番だが本心だ。隼人が笑いながら答えると、京介が少し顔を赤くして空のグラスをこちらに差し出す。

「次、お願いします、バーテンダーさん」

「かしこまりました」

返事をして、本当にお手上げだと思う。

こんなにスタイルがいいのに可愛いところがずるい。カッコ悪いと照れるところまでがかっこいいからどうしようもない。

隼人はミニチュアボトルではなくレギュラーの瓶を引き寄せた。やや小振りな一本だ。磨いた瓶をもう一度拭いて、京介に見せながら開封する。

シェリー酒だ。シェリー酒の中では意外な甘口。モスカテルという種類だ。白ぶどうからできているのに一度干しぶどうにしてから圧搾《あっさく》するから、飴色《あめいろ》で甘い。

「……それは、知ってる」

カウンターに差し出すと、静かに京介が答えた。グラスから離す指が震える。これが、精一杯の隼人の返事だ。

――今夜はあなたにすべてを捧げます。

シェリーのメッセージはそうだ。しかも辛口ではなく極甘のひとくち。

「いただこう」

答えて京介は小さめのグラスを呷って立ち上がった。短いカウンターの横を回って京介は隼人の手を摑んだ。京介は隼人を連れてリビングを出ようとする。

「京介さん」

「めちゃくちゃ酔いそうだ」

苦痛めいた声で言う京介に煽《あお》られる。彼が欲情しているのがわかった。隼人もそうだ。ベッドルームに連れていかれる。何をするかはわかっていても抵抗する気はなかった。巻かれるように抱き込まれて、ベッドに押し倒された。隼人自身何をすればいいのか、何と言えばいいのかはわからない。おかしな話、ゲイでもないのに耳年増《みみどしま》だ。今まで知識として仕入れてきたものが役に立つとは思わなかったし、知っているからと言って何ができるわけでもないのが隼人を戸惑わせた。

「ん……。きょ……う、……っ……」

酒で熱くなった唇でキスをされた。今まで親愛しか示さなかった京介の唇は、深く隼人の口腔《こうこう》を貪《むさぼ》り、キス自体が酷くセクシャルだ。

「俺……何も……。知ってます、けど、でも、今まで、一度もあの」

言い訳のような、支離滅裂な声が出る。頭でわかっているが人と抱きあったことすらない。どこで何をするのかはわかっている。京介が慣れていそうなのもわかるし、京介が無茶をしないことも信じている。

「う。あ……っあ」

キスにも溺《おぼ》れそうだし、粘膜《ねんまく》が擦れ合う慣れない感触に戸惑う。京介の身体の重み、いつの間にかたくし上げられたシャツの中で、乳首を摘まれている。身体を撫でる他人の手、こんなに間近で混ざる吐息《といき》。知らないことばかりだ。溺れそうだ。

「助けて大和」

「呼ぶ名前が違うよ」

ほとんど反射的に口走った名前を聞きとがめられる。

「……京介、さん」

「今日からはそれで頼む。大和くんもいいけど、ベッドの中では俺で」

京介は囁いて、手首を摑んだ隼人の手のひらにキスをした。手のひらの窪《くぼ》みを舌が撫で、ちゅ、と音を立てて吸われる。ぞくぞくと腰が震える自分に戸惑い、手を引こうとするが許されない。

「……隼人の手、オレンジのにおいがする」

「今まで握っていましたから」

困惑しながらも返事ができるのが我ながら奇妙だ。手はこまめに洗うが、オレンジの表皮はオイルがあるから香りが残る。

「京介さん」

綿の前あきのシャツのボタンを外される。下着代わりに着ていたTシャツごと万歳をさせられて脱がされた。

「手荒にはしないけど、痛いときは言って」

「わ……！」

腰を撫でる動きのまま下着に手を入れられて、隼人は声を上げた。尻を撫でられ、トランクスの内側から腿を撫でられる。

「あの、京介さん」

「嫌？」

「……いや、じゃ、ないです」

「ここは？」

囁かれて、尻の一番奥を指でそっと擦られた。反射的に息を呑んだが、そうなることも知

っていた。でも、

「わ……わかりません……」

痛いとか、気持ちがいいとか、店で山ほどの情報を仕入れているが、自分がどうだかぜんぜんわからない。

「京介さんと、……してみないと」

ぞわぞわと、肌《はだ》を撫でられるのとは違う感触を堪えながら、京介の首筋にしがみつく。

「……ねえ、それ天然？」

困ったような京介のため息が聞こえた。何のことだろうと思って目を開けると、京介は自分から腕を解いてベッドサイドに置いてあった紙袋に手を伸ばした。コンドームも瓶に入った液体が何かも知っている。だがこれまで本当に無縁で、カタログを眺めるようにしか見たことがなかったものに実用性があるのだと実感すると、急に身につまされる感じがする。

京介はブルーの粘液をくぼめた手のひらに垂らした。指を浸して再び隼人の股間《こかん》に触れてくる。

「ひ、わ」

温度が低い粘液にひたりと触れられる。先ほどの場所をするすると撫で、そっと中に忍び込んでくる。

「京介さん」

名前を呼ぶとキスで応えられた。

「まったくはじめて?」

「はい」

「了解。頭に入れておく」

そう言いながら指が奥へと沈められる。少し入ったらまた抜き取られて、ローションを足す。引き攣ったかと思うと、ぬるっと奥に入る。中で前後する指の感触が鮮明になってくる。

「痛い?」

「いえ、でも……」

指を足されて広げられてゆくが痛みはなかった。きつい、と言うのが一番近いだろうか。引き延ばされたところに指を呑み込まされて苦しい。

京介は手のひらに惜しげもなくローションを零した。指は何の抵抗もなく隼人の中に出入りしている。じわじわと痺れてくる。痛みもない。

「京介さん……もう、大丈夫」

指二本を根元まで呑み込める。ローションは行き渡って滑らかだ。

「もうちょっと」

京介は言い聞かせるように囁いて、隼人の乳首に舌を伸ばした。

「あ」

快楽というより、舐《な》められている舌の感触が官能を煽る。濡れた場所が空気に触れてひやりとする。そこに歯を立てられる。

「う……」

指を足されていよいよ苦しくなる。それもしばらくの我慢だった。広げられているのを感じる。きつく閉じようとする入り口の輪を京介の長い指が擦る。

京介が枕元の四角いパッケージに手を伸ばした。指を抜き取られてホッとする暇もなかった。

「あ」

脚を持ち上げられ、押し込まれる。ほぐされた場所に京介が入ってきた。

「あ……ん、あ。——ああ！」

我慢しようと思ったのに、唇から声が溢《あふ》れた。身体の中を開かれる本能的な悲鳴のようだ。喉《のど》の奥から湧き上がって止まらない。

「いい。大丈夫。落ち着いて」

一気に汗が噴き出すこめかみを指先で撫でつけながら京介が囁いた。

「や。あ。うわ。あ」

二、三度抜き差しするだけで京介に奥の方まで乗り込まれる。軋《きし》んだ鈍痛がある。引き裂かれるというより割れそうだ。京介が耐えず頬や額や瞼、唇にキスをして宥《なだ》めてくれなければ泣き出してしまいたくなる未知の苦しさだった。

「大丈夫？　我慢できるか？」

囁かれて、隼人は必死で頷いた。ピリピリした痛みと開かれる苦しさはあるが、耐えがたい激痛はない。

京介と長いキスをした。舌先を触れさせ、奥まで絡める。頬の粘膜を舐められ、濡《ぬ》れた音を立てて吸い合う。

「そう……。そのまま」

キスで呼吸を整えられて、ふう、と天井に息を零すと、京介が上から微笑みかけてきた。

「上手だ、隼人」

京介は背中を撓《たわ》めて、隼人の胸元に舌を這《は》わせてきた。くすぐったさがさっきと違う。囓《かじ》られたせいか、つきつきと疼《うず》いて下腹に響く。疼くたび京介を受け入れているところが締まって、身体の中の京介を隼人に強く意識させた。

「ん……う。京介、さ……う」

京介の唇が、隼人の乳首と唇を行き来する。唇でも下半身でも中に京介を受け入れているのがわかって、人の身体で繋がることを理解する。

「嫌、です。まって」

京介の長い指に性器を愛撫《あいぶ》されて、思わず拒んでしまった。意識は身体の中にある京介でいっぱいだ。前を擦られても、何の我慢も調節もできそうな余裕がない。

「痛い？　どこが？」

苦痛以外は聞かないというスタンスらしい京介が隼人の前を擦りながら尋ねてくる。

「痛くない、です、でも、そこは、嫌。両方は、だめです」

「駄目な理由がわからない」

そう言って、京介は隼人の中のものを微かに出し入れしながら、隼人の性器を扱《しご》いた。快楽がどこから来るかわからない。前で感じる直接的な快感と違って、腰のところから湧き上がる大きな波のようなものがあった。

「京介さ……ん、もう。すみません、俺……っ……」

下半身の感覚はめちゃめちゃだが快楽はあった。溢れるような感覚を堪える術《すべ》を隼人は知らない。身体の中を広げられ、長い指を巻きつけられるようにして前を擦られる。

「隼人、俺を入れたままイって？」

「京介、さん……京介さん、は……？」

「俺はあとで。イけそう？」

誘いのような許しのようなそんな言葉を囁かれたら、我慢など少しもできなかった。戸惑いながら射精した。収縮に合わせて下半身全部が脈打って、そのたびに京介の存在の大きさを鮮明に感じる。

「動いても我慢できる？」

俯せにされ、一度抜き取ったものを、背後から埋めなおされた。

「ああ！　あふ。あ！」

一度開かれたせいか、先ほどよりもずいぶん楽に京介を呑み込んだ。

「あう。あ……！　あ。ひ……！」

京介が身体の中を擦るたび、喉の奥から声が漏れる。しがみついている枕に、汗と唾液《だえき》が滴《したた》った。

「息して」

「う、ん……！」

「大丈夫だ。息をして」

京介が、隼人の唇にそっと指を差し込んできた。大丈夫だと答える代わりに京介の指を甘く噛んだ。指は舌の付け根をくすぐってくる。上顎《うわあご》の裏をくすぐられると、びっくりするようなくすぐったさに思わずかはっと口を開いてしまった。

「気持ちいい、隼人」

本当だろうか。そうだったらいいと思いながら、隼人は京介に身体を任せた。隼人の背中と京介の胸の間を汗が埋める。戸惑うばかりの性器を擦られ、身体の中を擦られて、枕にどれほどの声を埋めたか隼人にもうわからなかった。

襟足《えりあし》に何度も口づけられた。快楽というより、嵐のようだった。

こういう朝はどうすればいいのだろう。

勝手にベッドから起き上がっていいものか、京介が目覚めるのを待つべきか。ベッドの中で隼人は押し殺したため息を繰り返していた。下半身が軋む。痛くはないのだが、下半身が全体的に疼く。

キスで恋人を起こすとか、先にキッチンで食事を作るとか、起こされるまで待っているとか、パターンはいくつでも客から聞いているが、自分にとってどれが正解かは隼人は知らない。しばらく寝返りとも言えないゆるい身じろぎをしていると、あっさり京介が目を覚ました。

「おはよう。起きてたのか？　カーテン、開けていいのに」

そう言って、京介は一度、隼人をベッドの中で抱き締めてキスをした。

「大丈夫か？　痛いところは？」

「ありません」

答えた声がかさかさで、隼人は驚いた。京介も目を丸くしたあと、二人で笑う。

「ごめん、無理をさせたね。大事にする。喉は痛い？」

「いえ」

粘膜がくっつきそうに喉が渇《かわ》いているだけで、風邪《かぜ》のような痛みはない。

「すごく素敵だった」

囁かれて、真っ赤になりそうなのを堪え、隼人は首を振った。京介の声は、近くで聞くと余計甘くて深みがある。京介は素でこういうことを言えてしまうタイプのようだ。嬉しいと言うよりまだ恥ずかしい。しかし茶化さずに受け取らなければならないのはわかっていたので、隼人が慣れるしかなかった。

「きょ……京介さん、が素敵……です」

「お世辞はまだいいよ。ゆっくりしておいで」

パジャマの下だけを身につけた姿でベッドを降りて、カーテンをレースにしてからすぐに戻ってくる。抱きあって、キスを交わす。身体を撫で合ってひと息ついたあと、京介が起き上がった。

「朝は、コーヒー？　ミルク？　紅茶はティーバッグならあるけど」

「京介さんと同じにしてください」

「了解」

とキスを残してベッドを立ってしまう。置いていかれる心細さを感じたが、身体中に残る彼の甘さは、隼人に堪えさせるに十分だった。

窓から、レース越しの白い日光が差し込んでいる。ベッドの上にそろそろと起き上がって、隼人は部屋の中を見渡した。恋人の部屋で迎える照れくさい朝だ。

あんまり変わらないな、というのが正直なところだった。

行為自体は変わらないどころではないが――女の子としたことがないからわからないが、好きな人と抱きあって、朝を迎えるのは何というか、普通に幸せだ。

下半身に気を使いながらそろそろとベッドの横に足を下ろしていると、京介が戻ってきた。

「起きられる？」

そう言って隼人の服を取ってくれたり、キスをしたり、いたたまれなくなるくらい、甘やかしたがりらしい。

「京介さん」

キスの合間に、京介への礼と、次回はもう少し京介を楽しませられるようになりたいと言おうとしたとき、京介はたまりかねたように囁いた。

「一軒家とは言わないけど、リノベの図面くらいは引いてもいいかな。たぶん３Ｄも起こすけど」

建築士とは夢を建てる仕事かもしれない。

京介が朝、入れてくれたのは紅茶だった。

昨日は結局、カウンターの上を散らかしたままにしてしまったから、それを片付けつつ、スクランブルエッグとトーストにして、あまりのオレンジジュースとライチでパライソというノンアルコールカクテルを作った。オレンジのとげとげしさが消え、口当たりがやわらかくなる。

グラスを残して食器を下げ、ひと息つくことにした。甘いだけの交歓は終わり、レース越しの朝日のようなやわらかい現実が入ってくる。

「うちに来てくれることはまったく考えられないのか？」

京介の口調が優しいからなおさら申し訳ないが、隼人自身、どれだけ自分をちっぽけなものだと思っていても、守るべき生き方がある。

「はい。大和と自由に連絡がつくようになるまではあの部屋を空けるわけにはいきませんし、ここからではバレンタインに通勤するのが現実的ではありません」

無理やり大和を捕まえても、一度別れたらまた大和は行方《ゆくえ》をくらますだろう。大和の行動力は隼人が一番よく知っている。大和から会いに来てくれるのを待たなければ意味がない。

それにバレンタインはここから通勤するのは遠すぎる。バレンタインには一応の閉店時間はあるが、だいたい大和はマスターと共に店を一緒に閉めて帰るから、客の様子によっては明け方にしか帰れないこともある。今なら自転車通勤だから何時でもかまわないが、京介の部屋に戻るとなると手段がない。タクシーに乗るとその日一日分の稼ぎがなくなるくらいの距離だ。

「ごめんなさい、京介さん。はじめに言っておけばよかった」

隠したわけではなく、断わり忘れただけだ。京介も推測できることだと思っていたが、もしかしたら、京介は隼人とちゃんと付き合うことになれば、この近辺のバーに移るだろうと思っていたかもしれない。

「いや、そういうところが魅力的だ、隼人。それにわかっていたしね」

微笑みを浮かべて京介は答えた。

「働く男はかっこいいよ。昨日の隼人もかっこよかった。本当はあれを他の人に見せるのが嫌だけど、隼人からカウンターを取り上げるのはよくないって俺でもわかる」

隼人一人で悩みかけたことを半分掬《すく》い取られて、思わず声を詰まらせて京介を見た。

「長い道だと思っていいよね？　男同士だから」

互いに仕事と矜持がある。少しずつ距離を縮めながら歩いてゆく生き方が許される関係になるのだろう。

「はい。いつか」

と言いかけて声が潤んだ。隼人は腹に力を入れて続きを喋る。

「いつか大和ともう一度会えて、独立できるくらい腕が上がったら、この近くにお店を開きたいです」

「俺も独立したら、バレンタインに通えるところに事務所を作ろうと思うって言おうとしたのに」

京介は笑いながら、涙を落した隼人の髪をテーブル越しに撫でてくれた。

「そんなことをしたら擦れ違うじゃないか」

† † †

今日は金曜日だが、バレンタインに大和は来ない。京介も来ない日だ。揉《も》め事もなく、夜は進む。週末を明日に控えたバレンタインは酷くゆっくりした雰囲気だ。明日に控えてバックバーのボトルを磨く。ボトルを並べる順番は厳密に決まっている。酒の量のチェックをして、フルーツの発注もしなければならない。客は少ないが、案外こういう日に仕事は多いのだ。仕込みとメンテナンスが明日の店の出来を左右する、と思いながら、一本一本瓶を傾けながら、酒の量を確認していたときだ。

「あーやっぱりなー」

バイトくんの声が上がった。振り向くと何やらマスターと話している。

「何の話ですか?」

カウンターに客がいなかったので、隼人は聞いてみた。マスターが真顔で言う。

「ローストビーフ用の肉決定な」

「え?」

何のことだと思ってマスターを見ると、もう一人のアルバイトが離れた場所からこちらを振り向いて聞く。

「えっ？　隼人くん、彼氏できたんですか？　うわ、俺付き合わないに賭《か》けてましたよ、どうしよう」

「隼人が奢《おご》るに決まってるだろう」

おもしろくなさそうな顔で言うところを見ると、マスターも隼人と京介が付き合わない方に賭けていたのか。

「人の恋愛に賭けるのはやめてください。何で俺が肉を買わなきゃならないんですか！」

「アリスハウスのケーキでもいいが、最近食べ飽きてるからな」

この通り御用達《ごようたし》のケーキ屋だ。ホストや大きな道路を挟んで向こうがわに延びるキャバクラが使うケーキ屋だから、おいしくておしゃれだがやたらと高い。

「いやだから、何で俺が奢るんですか！」

バレンタインのルールを知っているから、聞くまでもないのだが、やはり理不尽と言えば理不尽だ。

「幸せになったヤツが奢るのは当たり前だろう？」

ややすごみのある目でマスターに見すえられて隼人は返す言葉がない。

最後の客を見送って、マスターが「閉めてくれ」とバイトくんに声をかける。

マスターがライターで煙草に火をつけた。今日も一日無事営業終了だ。片付けなどは残っているが、この時間がいちばんホッとする。

隼人が腕を抱えて、ふう、と息をすると、煙草の煙を吐きながらマスターが言った。

「……いいヤツか」

何をして《いいヤツ》というのは色々あるのだろうが、隼人を幸せにしてくれそうな人間かどうかを訊いてくれているのはわかる。

「はい。彼の貢がれ癖については、俺から改めて弁明します。誤解です」

「まあ、貢がせようってヤツは、隼人を選ばないだろう」

「酷いです」

「褒めてる。財布の紐《ひも》が固いのはいいことだ。身体で貢ぐなよ？」

マスターらしい忠告をくれるのに、隼人は「はい」と頷いた。京介と寝たとは言っていないが、京介に要求されれば従ってしまいそうな自覚はある。だが京介に悪意がないことを信じなければ多くの恋人の関係は成り立たない。

「アイツ、県外住まいだって言ってたな。隼人はどうする」

口ではあんなことを言うが、隼人の幸せをいつも祈ってくれるマスターだ。ここで辞めると言ってもきっと許して見送ってくれるだろうと思う。

「いえ、俺もあの人も仕事持ちですから、今までどおり働きます。よろしくお願いします」

隼人は正直に打ち明けた。

色事とは無縁でいられないゲイバーだ。マスターにそれなりの予防線を知っておいてもらうことは重要だった。今まではまったく考えたこともないのだが、必要性は何となくだがわかる。

マスターは、煙をひとくち吐いて笑った。

「ありがたいな。今隼人がいなくなると困る。辞めたかったら後続一人育てていけよ？」

「わかりました」

バイトくんの片方は、バーテンダー志望だ。筋もいい。といってもまだまだ隼人はここで学びたいことがあるし、この店が好きだ。京介のことを考えると少し寂しく思うが、もし隼人が店を捨てて京介の元に走っても、ただでさえ乏しい、京介の中の自分の魅力が半減するばかりなのもわかっている。

京介と付き合うことを考えてから、同性同士の恋愛のハードルは高いと隼人は思い直した。男女の関係以上に、相手にとって魅力的な人間でなければならないからだ。彼氏彼女という甘えはいっさい許されない分、芯《しん》から自分を磨くしかない。

はじめはなりゆきのまま就職した隼人だが、今ではバーテンダーという仕事も好きだし意欲もある。このまま続けてゆける確信のようなものがあった。

隼人がカウンターに寄せられてきた飲み終わりのグラスを、トレーに載せていると、煙草を吹かしながらマスターが言う。

「……その辺りに仲がいいマスターがいる。厳しくて普通は修業に出すどころじゃないんだが、隼人なら行けるだろう。ただし、うちがもうちょっと楽になったら」

優しい人だ。恋愛の辛さを知っているから幸せになれと言ってくれる。

「まだわかりませんが」

自分の代わりを務める店員が増えて、その厳しいという店に、バレンタインから来たと言って恥ずかしくないくらいになるまで腕を磨く。先の話だ。だが明るい未来でもあった。

「将来の可能性として考えたいです」

近くはないが、必ずその日が来ると信じている。

京介と生きる未来。一歩ずつでもそれに向かって歩いてゆきたかった。

† † †

玄関で靴を履《は》きながら、隼人はスマートフォンを耳に当てている。

「今日は遅くなります。終電、駄目だったら始発に乗りますから」

バランスを崩し、薄い鉄の玄関ドアに手をついて身体を支えながら、片方の靴を履いた。

——車で迎えに行こうか？

「いえ、いいです。何時に終わるか、わかりませんし、終電と始発でも、五時間くらいしか変わりませんし」

——五時間って、大きいと思うけどな。

「眠ってください。忙しいんでしょう?」

何やら京介の設計がコンペに通って今週は平均睡眠時間三時間だと聞いている。

「夜は泊めてもらいますから、無理はしないでください」

——了解。うちの近くの店、そんなに厳しいの?

京介には、マスターの申し出を話してある。あとから聞いた話によると、ホテル上がりの厳しいマスターで、何人もコンクール入賞者を輩出しているという。マスターの感想は《正直くつろげないが腕はいい》という話だ。

「マスターの紹介を受けるからには、それなりの腕を身につけてからです。まだまだです、それに」

——何?

「……いえ、とにかく、まだ先の話です。頑張ります」

あれからも大和からの連絡はなしだ。相変わらずSNSは更新していて、結局青森では鉄板焼き屋に行ったと写真を載せていた。元気で頑張っているようだ。

「じゃあ、もう家出ます。いい一日を過ごしてください」

と言いながら反対の靴を履こうとしたとき、ポストの中にはがきが落ちているのが見えた。一枚だからすぐに取り出せる。祭りのイラストが水彩で描かれたポストカードだ。なんだろうと思って裏を見ると、隼人宛《あて》のはがきで、《引っ越しました》とある。

新しい住所のところには印刷で出したタックシールだった。タックの下に手書きの文字がある。

《暇になったら遊びに来てな！　アニキ》

――隼人も、いい一日を。

「あの……。京介さん、待って――」

たった今、ひとついい知らせが舞い込んだから。

火曜日彼氏

《会社員（男性）とバーテンダー（男性）の同居の場合――》。

京介《きょうすけ》はノートの上に走り書きをしてペンを置いた。

特徴的な希望として、キッチン、もしくはリビングにバーカウンターが必要だ。バーテンダーが住む部屋のカウンターは、一般家庭でいう応接間の座卓と同じと考えていいだろう。《その家の顔》だ。《うちの暮らしぶりと歴史はこのくらいです》とそれとなく相手に知らせるものだ。

座卓の場合、一枚板のテーブルで、材質がいいほど高級とされ、見た目は好みによる。しかし、京介が過去に通ったことがあるバーのひとつでは、鉄道ファンのマスターが、レールの枕木を集めて加工したバーカウンターがあった。味わい深いカウンターで、あの店にはあれ以上の板《カウンター》は考えられない。どんな高級品を持っていってもあの枕木には敵わない。

すなわちカウンターとは主のこだわりを一番よく表わす板でなければならないということだろう。これればかりは隼人《はやと》に訊《き》かなければわからない。京介が提案できる材質といえば、ありきたりの木目の一枚板だ。高さは隼人の身長に合わせてミリ単位で調整してやろうと思っていた。バーの内側には流しが必要だ。隼人は今のままの普通のシンクでかまわないというのだが、バーカウンター専用のものはないのだろうかと思いながら、ＷＥＢカタログの条件を絞ってゆく。《業務用》と名のつくものは何件も出てきたが、取り立てて機能性の高いものではない。これも隼人と要相談。

次はバックバーだ。これも隼人はキッチンの棚の隅を借りられれば十分だと遠慮深いことを言った。そんなわけにはいかないだろうと京介が言うと、隼人は自宅でも似たようなものだと言う。隼人は酒が弱く、研究や練習以外は、気分のいい日に一杯作って呑む程度だそうだ。凝ったカクテルは店で金を出して呑んだほうが早いからとも言っていた。ベースになるジンやウォッカは大きな瓶を置いているが、リキュール類はミニチュアボトルがメインらしい。幼児のおもちゃ箱のように、足に車の付いたプラスティックの引き出しに詰めて終了だというのだ。

インテリアとしてのバックバーはどうだろうと提案してみたが《京介さんが飾りたい酒《ボトル》があれば磨くくらいはしますが、京介さんならワインセラーを作ったほうが実用的だと思います》と言われてしまった。言い返せないところが建築士としてまだまだ未熟というところだろうか。

とりあえず――、とパソコンの中の３Ｄ画面に、キッチンの広さと同じ箱を出して、その中にＷＥＢカタログからぽんぽんと素材を置いてみる。バーカウンターとシンク、スツール、照明。雰囲気はいいのだが、これではまんまバーだ。

ふう、と京介がため息をつく背後を、社長が横切っていった。

「天井の照明は低めに取ったほうがいいね」

一言アドバイスを投げてくる。そういえばそうだ、と思い、「たしかにもしもこれがバーだったら」と思ったが、京介は「はい」と返事をしてデータを保存した。

明日、水曜は隼人は休みだ。《Bar Valentine》の定休日は月曜日だが、定休日の他に個人的な休暇が一日、隼人の休日は水曜日に設定されているらしい。これは部外秘だ。

「……バーカウンターがほしい」

独り言を言う。独り言が大きいのとそれに誰かが返事をするのはこの事務所の約束のようなものだ。

「京介くん、こないだからそう言ってるね。自宅に？　欅《けやき》とウォールナットの一枚板なら素材があるけど。四十二万円のところを四十万円ポッキリで」

新しく届いた塗料サンプルを見ながら、副社長の奥さんが言う。ショートカットで眼鏡をかけた、とてもさばさばした仕事ができる人だ。

「ちなみに、おすすめがあるとしたらどっちでしょう」

「そうだねえ。ウォールナットのほうがお買い得かな。でもこれをキャンセルしたお客さんは船の甲板からテーブルを取ったからね。一概にこれなら間違いないとは言えないな」

「……ですよね」

人の価値観は千差万別だ。高額なものが一番いいなら、迷わずそれを目指すところだが、隼人にとっての一番がまだ見えない。

「もうちょっと考えてみます。ありがとうございます」

「京介くん、ほんとにキッチンやり直すの？　なにかいいアイディアが浮かんだとか？」

おもしろそうに奥さんが訊いてくる。

「いえ、やり直したいんですが、いい案が浮かばないってところです」

いろいろ急には無理だとしても、隼人を引きつけておくカウンターとキッチンを早急にやり直したい。が、高級システムキッチンを据え付けるのも違うし、飲食店用の業務用でもなければ、一流シェフ愛用のキッチンとも違う。

奥さんは、明るい声で短く笑った。

「確かに京介くんの部屋のキッチン、見事なやっつけだからねえ。部屋の評判はいいけどキッチンの評価は悪いよ。あれじゃ女性は気に入らないな」

「……はい」

昔の自分なら、心の中で「一緒に住むなら男性なのだからそれでいい」と呟《つぶや》いていただろうが、今となっては反省しきりだ。未熟な自分を実感する。


——氷だけ買っておいてください。お願いします。

大好きな隼人とのプライベートバーのために何が必要かと訊いたら、電話で隼人はそう言った。生ハムでもメロンでもスモークサーモンでもチーズでもない、一袋せいぜい五百円の板氷だ。

——駅前のコンビニ、ときどき板氷を切らすので。

しかもそんな理由だ。

自分の恋人は慎ましい。京介は隼人を甘やかしたくてたまらないのに、贅沢はおろか、外食すらあまりしたがらない。

京介は簡単な料理しかできないので、ショッピングモールのデリで、マス目の数だけ違う料理で埋められた小さいオードブルを買った。

湯を沸かし、カラフェに水を入れて冷蔵庫で冷やす。空腹だったので、デリで一緒に買って来たパスタのサラダを少し摘《つま》んで、残りはガラスの器に入れてこれも冷蔵庫に。

バスルームよし、ベッドよし、パジャマよし、タオルよし。隼人を迎える準備に抜かりはない。一時間半ほど前に電車に乗ったとメッセンジャーで隼人から連絡があった。今日はバレンタインにメンテナンスが入っていて臨時休業だそうだ。夕方までは掃除やテーブルの配置の仕事をしていて、夜はこちらに来られるという。明日は水曜日で隼人は休みだ。二連泊ができそうだと電話がかかってきたとき、その嬉しさよりも電話の向こうで隼人の声が嬉しそうだったのに、京介は照れた。

あとは隼人を待つだけだ。ソファにも座らず、カウンターに腰を預けてぼんやり天井《てんじょう》を仰いでいた自分に苦笑いをする。チャイムが鳴った。

迷わず壁の応答ボタンに手を伸ばす。

――俺です。京介さん。

インターホン越しに弾んだ息までが伝わってくる。

「いらっしゃい。どうぞ」

と応えてオートロックの解錠ボタンを押す。ドアを開けて廊下で待ちたくなるのを堪《こら》えて、チャイムが鳴るまでカウンターで待機――と思ったが、今回もやはり、エレベーターが上がってくるタイミングを想像して、部屋のチャイムが鳴る前に、ドアを開けてしまった。

「――京介さん」

「いらっしゃい」

驚いた顔の隼人を中に招き入れる。背中でドアが閉まるのを待ちきれないようにして、隼人が玄関先に荷物を置き、京介の首筋に手を伸ばしてきた。京介も思いきり抱き返す。

「お邪魔します、京介さん」

抱きあったまま隼人が言う。玄関の段差と慎重さで、踵《かかと》が上がっているのがかわいらしい。

ダッフルコートの表面が冷気を纏《まと》っている。赤くなった耳の縁は冷やした桃のように冷たかった。

「寒かっただろう？　明日は寒くなりそう？」

「駅前の気温計は六度でした。そんなに寒くないけど、風が冷たくて」

隼人の顔を見ると、鼻先が少し赤い。

「洗面所、お借りしていいですか」

抱擁をほどいて隼人が言う。

「どうぞ。それまではキスはお預けだから早く」

帰ってきたらまず手洗いうがい、というのが隼人の鉄則のようだ。

——客商売に風邪《かぜ》は厳禁です。

と隼人は言う。そして隼人が力説するには、外から帰ったらうがいと、特に手洗いが重要だということだ。風邪を治すことより引かないこと。治療より予防が重要だと言い、よほどでなければお帰りのキスは、うがい手洗いのあとだ。人の少ない事務所勤務の京介には隼人の真剣さが新鮮だった。

「ありがとうございます、お借りします」

毎回律儀にそう言って、隼人は洗面所に駆け込む。水音とうがいの音を聞いて、隼人が出てくるのを待って改めてキスだ。

「お邪魔します、京介さん」

「ただいまと言ってほしいんだけどな」

京介が囁《ささや》くと、隼人はものすごく困った顔をしたあと、小さな声で「ただいま」と言って赤くなった。

「ここのカウンターがね、四十万円って言われたよ」

「四十万円……って、板がですか？」

カウンターに褐色《かっしょく》のロックグラスを出しながら隼人が怪訝《けげん》な顔をする。

「そうだよ。板の品質はいいんだが、それがカウンターに向いてるかどうか、俺にはちょっとわからないんだけど、隼人、どう思う？」

中味はグリューワインだ。本来はホット用のカクテルグラスで出すのだが、ホット用のカクテルグラスは使用頻度が低いから、買わずにロックグラスで代用だと言った。グラスの縁にオレンジが引っかかっている。シナモンスティックが溺れそうなのは代用品だから仕方がない。甘めで暖かい一杯。湯気と一緒にアルコールが身体に沁みる。

「どう……、って。買うつもりなんですか？　その板」

「隼人が気に入ってくれるなら、という前提で」

「いや……そんな……あの。いきなり、カウンターなんて」

「こんな合板のカウンターなんて、嫌だろう？」

ノックのように中指でこんこん、と白い板を叩くと、合板らしい安っぽい音がする。隼人は戸惑っているが、恋人のバーテンダーに、辛うじて食事に足りるだけの既製品の上でシェイカーを振らせるのはどうだろう。

「嫌じゃないです。京介さんの部屋のカウンターですし、板もきれいだし」

「そういう問題じゃないだろう。せっかく俺は自分で部屋を自由にいじれる職業についているのに、恋人の一番大事なところをなおざりにしたままなのは、誠意がないように思わないか?」

ベッドルームやバスルームのことなら京介は、客に勧める程度の知識はあるのだ。よりによって必要なのはキッチンのバーカウンター。まさに自分の勉強不足と言う他にないのだが、それをこのまま放っておくのは男としても職業的にも怠慢だと思う。

隼人は、自分の分のグラスにシナモンスティックをさして、顔を曇らせた。

「……誠意って何でしょう」

「とりあえずこれよりいい板だと思う」

「俺の……あの、俺の考えは」

普段バーテンダーの隼人は、受け止める会話は上手にしても、自分の意見を言うことは少ない。いいバーテンダーだと思っていた。恋人としてはもう少し、考えていることを喋ってほしいといつも思っているが。

「他の店のマスターの中には、昔、自分が若くて貧しかった頃のカウンターを、わざわざ銀座の新しい店に移設して使ってらっしゃる方もいます。うちのカウンターも訳ありで、いいカウンターですが、普通の値段で求めた物ではないと聞いています。カウンターは値段じゃありません」

「わかってる。その四十万円の欅でなくても、もっと高くたって、隼人が気に入ったのがい い。何なら一枚板のショールームに行くかい?」

とにかく隼人はものを受け取らない。時計も「今のが壊れてからでいい」と言い、指輪は「一人前になれたらください」と言う。旅行はなかなかスケジュールが合わないし、高いワインを渡したって、目の前でリキュールと混ぜて京介に差し出されるのが目に見えている。

隼人は困ったように首を振った。喜ばせようとしたのに、そんな顔をされるのも心外だ。

「京介さん、俺はこのカウンター、好きです」

「やっつけだし、少しもおしゃれじゃない」

「でも初めて来た日より、とても片づいて、よく拭いてくれてます」

「それは、隼人が入ってくれるわけだから最低限のことだろう?」

以前は名刺入れや読みさしの雑誌を置きっ放しにしていた。調味料も出しっ放しにしていたからそれを片づけただけだ。恋人がここに来るのもわかっているのだから、拭き掃除くらいはする。

「広さがちょうどいいです。高さも、とてもいい。グラスも滑りませんし、いいカウンターです」

「隼人」

「落ち着いてグラスが作れるから、京介さんのことがよく見えます」

とはにかみながら言われると、反論しようがなくなってしまう。

「とりあえず参った。……でもいつか、隼人にカウンターをプレゼントしていい？」

カウンターから身を乗り出して、隼人にキスをして問うと、隼人は小さく頷いた。

「はい。いい板と巡り会って、そんな日が来たら」

「わかったよ。樫《かし》でも桜でも黒檀《こくたん》でも何でも言って。お金を貯めておくから」

「ありがとうございます」

と言って笑うのは完全に営業スマイルだ。かわされた。

「でも本当に木を選んでくれたんですか？」

「いや、掘り出し物だよ。キャンセル品でね、社員価格」

「それなのに、そんなお値段なんですか？」

「品物はいいんだよ。テーブル用だけどね。木目もすごくきれいだ。まだ無加工で、ちょうどこの長さに合うなと思ったんだ」

「あー。じゃあ俺、もらっておいたほうがよかったのかな」

「今からでも遅くないよ？」

「嘘です。俺にはまだ高すぎます」

と肩を竦《すく》める隼人に、京介は見蕩れそうになる。最近隼人がちょっと笑うようになってきた。店の中で見た、ああここで笑わなきゃいけないんだろうなあ、と空気を読みながら作る笑いかたではなくて、

「ほんとに、このカウンター。勝手がいいんですよ？」

小さな白い花がこぼれるような笑い方をする。

隼人の素直さは、孤独の鏡だ。双子の弟、大和と二人きりの生活だったということだが、彼との関係性もベッドに入るとよくわかる。

隼人を上に乗せてみた。時間をかけて準備をして、隼人が好きなように挿《い》れていいと囁く。隼人はずいぶん恥ずかしがっていたが、腰を跨《また》がせたまま、前を弄《いじ》ったり、後ろの入り口を指でなぞったりしているとおずおずと腰を落としてくる。

恥ずかしがったり怖がったりするが、隼人は基本的に逆らわない。隼人が京介のことを好きだというのを差し引いても、これが隼人の根っこだと思っている。

我慢するしかない生活だったのだろう。誰かに譲って自分が耐えるのが日常だったのだろう。甘えることもよく理解していないようだ。ギブアンドテイクの関係を僅かにでも越えると、何かあるのではないかと警戒する。

――俺を大和の代わりにしていいよ?

あのときもそうだった。京介に迷惑をかけて、恩を返す手段がないからと、そんなことまで言いだした。

だったら自分は存分につけ込もうと思う。甘いものを与えて、それを申し訳なさがる隼人に「申し訳ないと思うならもっと甘やかされろ」と要求して、彼が途方に暮れて、受け取るしかなくなるまで、自分は愛情を注ぎつづけようと京介は思っている。

京介の欲情の上におずおずと腰を落としてくる隼人を抱いて支えてやる。

「あ……!」

少し深く沈むと驚いて腰を浮かせてしまう隼人を優しく抱き締めて拘束する。

「無理。……無理、です、京介さん」

先端を咥《くわ》えたままの隼人は小さな声で肩口に弱音を押しつけた。

「大丈夫。やわらかいよ。痛い?」

準備は十分だ。隼人の中はよく濡れていて、引き攣《つ》れや硬さは感じない。苦痛は与えたくないが、隼人の身体からは本気の悲鳴は聞こえてこない。

「いいえ……。怖い、……です」

「大丈夫、おいで」

「ああ、……あ……!」

少し力を込めて腰を抱くと、身を任せるように沈んでくる。彼が怪我をしないように、腰を支え、楽な方向に導いてやった。

「う……あ。……っ。……ふ……！」

挿入の緊張を逸《そ》らすためにキスも多めだ。唇を舐め、上顎《うわあご》を舌先で擦《こす》ると隼人は口を閉じられなくなる。

「きょ……う。……あ……」

隼人はキスに夢中になっている間に、ゆっくりと京介の肉棒を身体の中に全部収めていった。

「上手だ。隼人」

「……はい」

頬や唇にたくさんキスをして、隼人を褒《ほ》めた。

「自分で好きに動いていいよ。気持ちがいいところを探して、俺に教えて？」

「はい」

口で浅く速い息をしながら、隼人は頷く。覚悟を決めたのだろう。隼人はおとなしいが一度決めたら思いきって踏み出すタイプだ。まったく育て甲斐がある、と思いながら隼人が動き出すのを楽しみに待っていたのだが、隼人は京介の両肩に手をかけてうなだれたまま、腰を上げようとしない。

「隼人?」

どこか痛いのか、この姿勢はよくないのか。俯《うつむ》いた顔を横から覗き込んで問いかけようとすると、泣き出しそうな表情をした隼人が涙目でこちらを見た。

「すみま……せん、ぜんぜん、立てない……っていうか、腰が抜けた……みたいで」

隼人の言うとおり、隼人が腰を上げようとするたび内腿がぷるぷる震えるのだが、脚に力が伝わっていないようだ。

「なんか……京介さんので、……身体の中、が。いっぱいで、動けな……っ……」

こんな告白をさせておいて、それでもがんばれというのは彼氏の風上にも置けないと京介は思っている。


セックスにも才能の有無はあると思う。こと男同士の性交で、受け入れる側が適応してくれるかどうかはほとんど運だ。どう慣らしてもできなかったり、快楽が得られなかったり、終わったあといつまでも体調が悪かったり、なのに愛情をつなぎ止めるために我慢して関係を続けるとなると、やはり不幸だと言わざるを得ない。

「あっ……あ。あ――……きょう、すけ、さ……ッ……!」

そういう意味でも幸運だったと、腰を高くして這わせた隼人の後ろから、深々と交わりながら京介は、確かめるように隼人の背中を撫でる。

汗に濡れた滑らかな背がひくひくと震え、肌にさざ波が立つ。京介を呑み込んでいるところがそれに合わせて震える。隼人は大丈夫だ。手をかけて準備をすればちゃんと身体が開き、予想以上の苦痛もない。挿入したまま快楽を得られ、満足を得られる。

「あ――……！」

儚《はかな》い粘膜をいっぱいに開いて、京介を呑み込むところを、京介はうっとりと眺めて堪能した。粘った甘い音がする。付け根まで交われる。隼人が自分を信じて身体を任せてくれるからだ。

「……大和くんは馬鹿だ」

愛しい隼人の身体の一番奥を堪能しながら、思わず独り言が漏れる。こんな隼人の気持ちや存在を一身に受けておきながら、隼人を捨てるなんて、あまりのもったいなさにため息が漏れそうだ。その分自分が大切にしようと思いながら、隼人の奥深いところをゆっくりと出入りしていたときだ。

「あ……ああ。や……やだ。……京介さん……！」

少しずつ隼人の中がうねるのを感じて、京介は嬉しくなった。最近隼人は後ろで感じられるらしい。これもやはり体質があって、快楽を得られるのは幸運なことだ。

「うん、すごくいい。気持ちいいよ、隼人」

シーツに縋《すが》りついた隼人の後ろ頭の髪を緩く掻《か》き回しながら背中にキスをし、隼人の中を行ったり来たりする動きを繰り返していると、隼人の腰が震え始めた。声も甘く、短くなっている。

「京介さん、駄目……だめ、です」

「隼人もしかして？」

「——はい……」

隼人はうずくまるようにシーツにしがみつき、シーツにぽとぽとと蜜を落とした。交わって初めて迎える隼人の絶頂は、慎ましくも快楽を示すに十分だった。

「隼人。……俺もいいかな」

隼人が一人前にベッドを楽しめるようになるまで、けっして無茶はしないと心に決めていたのだが、こんなかわいいことをされると理性が弾け飛びそうだ。

世界中の人に自慢して回りたい。自分の恋人はこんなにもかわいらしいと。

バスルームも広くしよう。

脳裏でシステムバスのカタログを繰りながら京介は、湯上がりの隼人を抱いて眠りに落ちた。

今のバスタブは、辛うじて一緒に入れるサイズだがゆったり浸かってはしゃぐにはもう少し広いほうがいい。うちよりワンサイズ上でジャグジーつきをオーダーしたゲイカップルがいた。あれはまったく正解だったのだと感心しながら、配色も今の薄いブルーからベージュに変えようと考えつつ目を覚ましてみると隣に隼人がいない。

キッチンのほうから物音がしている。京介も起きだしてみた。

「あ、おはようございます」

案の定、隼人がキッチンに立って、朝食の用意をしていた。焼けたベーコンのにおいがする。隼人も料理は得意ではなくて、この間がハムエッグだったから、今日はスクランブルエッグとベーコンというところか。

「無理しないでいいのに」

京介が言うと、隼人が応えた。声が掠《かす》れている。

「いいえ。毎週泊まってますし、京介さん、食費、受け取ってくれませんし」

「週末だけだし、飯って言えるほどの飯も食わないし、部屋もベッドももともと俺が持ってたものだし、隼人が通ってくる電車代のが高いだろう。フルーツとかもあるし」

ディナーに出かけるならまだしも、隼人が来るときは家呑みだ。オードブルも摘みばかりだ。それに比べれば毎週通ってくれる電車賃が高そうだしカクテルに使うフルーツや、クルミやシナモンなどの小物も隼人任せになっている。

「オレンジとかライムは、店で箱買いするから高くないって言ったでしょう？」

リボンのように皮をくるくるに切ったオレンジで皿を盛りつけながら応える隼人のそばに京介は裸足《はだし》で近寄った。

同じシャンプーのにおいで、キッチンに立ってくれる隼人を見ていると幸せだ。隼人は遠慮ばかりして、自分をあまり良くないもののように言うが、これほど自分を幸せにしてくれる存在が他にあるだろうか。

「毎日いてくれるようになったら考えるよ」

堪えていた本音が漏れた。恋人であるために、互いの生き方を曲げないと約束したが、隼人と週一しか会えないなんて、とんでもない不幸のように思えてくる。

京介の希望に隼人は困った顔をして京介を見上げた。

「俺も、必死で我慢してるのに、そんなわがまま言わないでください」

「ねえ、ほんとにそれ天然？」

ときどき隼人は、自分を骨抜きにするようなことを言う。わざとなら悪質だし、本音なら男タラシだ。

「バーテンダートーク？」

真っ赤になって軽く寄せた肩に力を込める隼人にキスをしながらため息で問い質す。

「それとも俺にだけ？」

そうだといいなと祈りながら、頷く隼人にもう一度キスをした。

† † †

——最近、顔見せないな、京介。体調悪いの？

ゲイバーで遊んでいた頃の友人から久しぶりに電話がかかってきた。今度の週末、こちらに来るから遊ばないかという誘いだ。今週末は仕事も詰まっているし、とりあえずお断わりだ。

「いや。元気だよ。ちょっと忙しくてね」

酒は足りてるし、遊ぶ相手はいらない。仕事は忙しいし、時間ができしだい隼人を建築物めぐりに連れてゆくつもりでいるから、バーで遊んでいる時間が惜しかった。

——そうか。なあ、恋人紹介しろよ。

「見せない」

モニターで図面を操作しながら京介が応えると、

——やっぱそうだったんだな、お前！

と罵倒が返ってくる。ははは、と笑うと、電話の向こうの友人が言った。

――どういうタイプなんだ？　京介、やんちゃで跳ねっ返りが好きだったよな。

「残念だ。大切すぎて何の情報も漏らせない」

自慢する気も起こらないくらいかわいくて堪らないことすら、漏らしたくないと思いながら、京介は設計図面にバスルームの枠組みを加えた。

■あとがき

こんにちは。玄上八絹です。

この度は「恋はシェリーグラスの中で」をお手に取ってくださってありがとうございました。

Bar Valentineという店とマスターと隼人は他の作品のあちこちでチラチラでているのですが、挿し絵を入れていただくのははじめてなのでとても嬉しいです。

六芦かえで先生にはお忙しいところ、ありがとうございます。ふんわりかわいい隼人と、カッコイイ京介を楽しみにしています。

また毎度担当様には、タイトルの相談に乗っていただきありがとうございました。京介を紳士！　って言っていただけて嬉しかったです。

それでは、ここまでおつきあいくださってありがとうございました。

玄上　八絹

✦初出　恋はシェリーグラスの中で……………書き下ろし
火曜日彼氏………………………………書き下ろし

玄上八絹先生、六芦かえで先生へのお便り、本作品に関するご意見、ご感想などは
〒151-0051 東京都渋谷区千駄ヶ谷 4-9-7
幻冬舎コミックス　ルチル文庫「恋はシェリーグラスの中で」係まで。

幻冬舎ルチル文庫

恋はシェリーグラスの中で

2015年1月20日　第1刷発行

✦著者	玄上八絹　げんじょう やきぬ
✦発行人	伊藤嘉彦
✦発行元	株式会社 幻冬舎コミックス 〒151-0051 東京都渋谷区千駄ヶ谷 4-9-7 電話 03(5411)6431[編集]
✦発売元	株式会社 幻冬舎 〒151-0051 東京都渋谷区千駄ヶ谷 4-9-7 電話 03(5411)6222[営業] 振替 00120-8-767643
✦印刷・製本所	中央精版印刷株式会社

✦検印廃止

ISBN978-4-344-83343-2　C0193　Printed in Japan

「幻冬舎ルチル文庫」

大好評発売中

発行●幻冬舎コミックス　発売●幻冬舎